모진강

母儘江

초판 1쇄 인쇄	2014년 08월 01일
초판 1쇄 발행	2014년 08월 05일

지은이   한 해 천
펴낸이   손 형 국
펴낸곳   (주)북랩
편집인   선일영   편집   이윤채, 김아름, 이탄석
디자인   이현수, 신혜림, 김루리   제작   박기성, 황동현, 구성우
마케팅   이희정
출판등록   2004. 12. 1(제2012-000051호)
주소   서울시 금천구 가산디지털 1로 168, 우림라이온스밸리 B동 B113, 114호
홈페이지   www.book.co.kr
전화번호   (02)2026-5777   팩스   (02)2026-5747

ISBN   979-11-5585-316-0 03810 (종이책)   979-11-5585-317-7 05810 (전자책)

이 도서의 국립중앙도서관 출판예정도서목록(CIP)은 서지정보유통지원시스템 홈페이지(http://seoji.nl.go.kr)와
국가자료공동목록시스템(http://www.nl.go.kr/kolisnet)에서 이용하실 수 있습니다.
(CIP제어번호 : CIP2014025972)

2013. 10. 9

나를 이렇게 만들어 놓고 저렇게 살라 한다…

2013. 10. 15

[편지]

어머니 전상서

사랑하는 어머니, 불효 천입니다. 일주일 넘게 편지도 못 드리고, 대화에도 못 나가고 있습니다. 편히 지내고 계신지요. 저와 해정이도 그런대로 지내고 있습니다.

어제는 경기도 성남에 가 일하고 왔습니다. 많이 걸어 다리도 아팠지만, 어머니 생각에 더 가슴이 아팠어요. 지난날의 불효가 다시 총알이 되어 제 가슴을 꿰뚫고 있습니다. 모진강은 쉴 새 없이 넘쳐흘러 저를 휩쓸고 지나갔어요. 제 영혼은 어디에도 있을 곳이 없어 보였어요.

전날 밤 꿈이 산란하더니, 머리가 무거웠어요. 갈수록 꿈이 종잡을 수 없어져요. 보고 싶은 어머니는 보이지 않고, 여러 형상이 뒤섞여 나타나고 있어요.

어머니, 자주 오시어 함께 계셔 주세요. 제가 집에 없을 때는 해정이 잘 돌보아 주시구요. 식사는 늘 저희들과 같이 하시죠? 사랑해요, 어머니.

2013년 10월 15일 (오전 10시 16분)

불효 천 올림

 2013. 10. 16

[편지]

어머니 전상서

사랑하는 어머니, 불효 천입니다. 오늘도 편히 지내고 계신지요.

어머니, 저 때문에 걱정이 많으시지요? 너무 염려 마세요. 저는 잘하고 있습니다. 누구나 이 세상에 무한정 머물 수는 없지요. 저도 제 영혼이 머물 곳을 선택해야지요. 저는 다시 어머니를 택한 겁니다.

오늘 아침도 머릿속이 몹시 산란했어요. 여러 생각이 한꺼번에 뒤엉킬 때면 정신을 차릴 수가 없어요. 하지만 이제 다 버리고 하나로 정리하려 애쓰고 있습니다. 하나씩 버리다 보면 하나만 남겠죠.

아침 기온이 6도까지 내려갔어요. 어제 비가 오고 날씨가 갑자기 더 서늘해지네요. 여름내 입었던 반바지를 벗어 놓고 추리닝을 꺼내 입었어요. 해정이는 아직 반바지에요. 예전에 해정이는 더위보다 추위를 많이 탔었는데, 이제는 어머니에게서 이어받았는지 더위를 더 타는 것 같아요. 이불도 여름 것을 덮고 있어요. 저러다 감기라도 들지 않을까 걱정되기도 하지만, 말을 듣질 않네요.

어머니, 저는 살아갈 수 있는 방법이 어머니밖에는 없어요. 영혼이라도 존재할 수 있는 길이 어머니뿐입니다. 사랑해요, 어머니.

2013년 10월 16일 (오전 11시 15분)

불효 천 올림

 2013. 10. 18

[편지]

어머니 전상서

사랑하는 어머니, 불효 천입니다. 오늘도 편히 지내고 계신지요.

어머니, 오늘 아침은 더 힘드네요. 제 불효를 더 아는 것도 두려워집니다. 제 불효가 어디까지인지, 이젠 겁이 납니다.

어머니, 어제는 오랜만에 저 일하는 데 해정이와 함께 다녀오셨죠? 꽤 많이 걸었는데도 해정이가 다리가 안 아프다네요. 해정이 등에 업혀 계신 어머니가 정말 아기 같았어요. 해정이가 어머니를 얼러 드리는데, 눈물이 쏟아질 뻔했어요. 살아 계시어 이렇게 같이 다니시면 얼마나 좋을까 생각했어요.

어머니 전용 자가용이 사용을 안 하고 세워만 놓으니 거미줄이 다

쳐졌어요. 이 자가용에 어머니를 모시고 시장이며 공원이며 다니던 일들이 어제처럼 손에 잡힐 듯했어요. 울며 거미줄을 제거하고 한참을 바라보았어요.

오늘은 구의동으로 나갑니다. 구의동 아시죠? 화양동 바로 옆이죠. 제가 독일 가기 전 구의동지점에 근무할 때 비 오는 날 우산을 가지고 어머니가 한 번 오셨었죠? 바로 그 구의동입니다. 예전 구의동지점 자리는 다 헐어내고 새 건물을 짓고 있어요. 세월이 흐르니 점점 옛 모습이 자취를 감추는군요. 되도록이면 부지런히 마치고 오겠습니다. 사랑해요, 어머니.

2013년 10월 18일 (오전 10시 40분)

불효 천 올림

 2013. 10. 21

[편지]

어머니 전상서

사랑하는 어머니, 불효 천입니다. 오늘도 편히 지내고 계신지요.

어머니, 어제 아침에 보내 드린 달 사진 받아 보셨죠? 엊그제가 보름이었어요. 아침에 창문을 여니 둥근 달이 떠 있었어요. 예전처럼 어머니를 모셔 와 보여 드렸지만, 허전한 마음을 달랠 수가 없더군요.

그래서 사진을 찍었어요. 어머니, 우리가 늘 함께 보던 달이에요. 사진 보시면 우리 추억이 생각나실 거에요.

어제는 일요일이라 집에 있었어요. 오랜만에 집안청소를 했어요. 여름내 쌓인 먼지가 엄청났어요. 청소를 해놓으니 깨끗하고 좋은 걸, 그 먼지 속에서 살았네요. 이제는 청소 한 번 하기도 쉽지가 않군요. 엄두가 나지 않아요. 이 세상에서의 모든 것들이 점점 멀어지는 것만 같아요.

집에 있어도 편치가 않군요. 오후에 정신이 산란하더니 머리가 아파 와 타이레놀 한 알 먹었어요. 하지만 제 가슴 속에 흘러넘치는 모진강은 어떻게 해야 되지요? 약을 먹을 수도, 둑을 쌓아 막을 수도 없으니요. 한 번 강물에 휩쓸리면 저는 끝도 없이 흘러만 갑니다.

어머니, 저는 제 불효를 잘 알아요. 아니, 제가 모르는 불효도 많이 있겠죠. 저는 평생 불효밖에는 행한 게 없는 자식인가 봅니다. 하지만 어머니는 사랑했어요. 제가 사랑한 영혼은 어머니뿐입니다. 제 목숨보다 소중했어요. 예전에 인천에서 입원하셨을 때 의사로부터 어머니가 뇌종양이라는 말을 듣고, 식물인간이라도 좋으니 내 곁에 계시게만 해 달라고 빌었어요. 하나님까지 들먹이며, 부처님 예수님까지 모두 찾으며 진정으로 기도했어요. 유일한 재산인 아파트를 팔아 원자력병원 옆에 방을 얻어 어머니를 치료해 드릴 생각이었어요. 기원이 통했는지 다행히 오진으로 밝혀져 그런 일은 없었지만, 그것이 어머니에 대한 제 진심입니다. 그런 어머니를 그렇게도 보내 드리고 말았군요. 제 불효가 하늘에 닿아 떠나신 거죠. 우리 모두의 운명이 여기까지라는 생각입니다.

오늘은 혼자 일하고 오겠습니다. 조금 늦을 것이니, 집에 오시어 해정이와 같이 계셔 주세요. 사랑해요, 어머니.

2013년 10월 21일 (오전 10시 02분)

불효 천 올림

 2013. 10. 22

[편지]

어머니 전상서

사랑하는 어머니, 불효 천입니다. 오늘도 편히 지내고 계신지요.

어제는 화양동에 다녀왔어요. 예전에 우리가 살던 선민네 골목도 가보았어요. 지금은 상가지역으로 변해 선민네 집은 사라졌지만, 어쩌면 그 자리일지도 모르는 음식점 문을 열고 들어가 스티커를 주고 나왔어요. 거기 마치 젊은 시절의 어머니가 계시는 듯했어요. 어찌해서 이렇게 가슴 아픈 장소는 자꾸 돌아보게 하는지 모르겠어요.

어머니, 해정이가 어머니를 대신할 수 없군요. 집에 아무리 해정이가 있어도 어쩔 수가 없어요. 제가 결혼을 해 자식을 두었다면, 제 아내가 어머니를 대신할 수 있을까요? 자식이 어머니를 대신할 수 있을까요? 제가 번듯한 직업을 가지고 있었으면 어머니를 잊고 살아갈 수 있었을까요? 아니요, 누구도 무엇도 어머니를 대신할 수 없습니다. 해정이에게 좀 더 살갑게 대해야 하는데, 그러지를 못하네요.

어머니는 정말 저를 너무 사랑하시어 떠나셨군요. 저를 조금 덜 사랑하셨으면, 조금 덜 걱정하셨으면, 미덥지는 않더라도 그냥 조금만 더 믿으셨으면, 지금 제 곁에 계실 텐데요. 어머니, 어찌 저를 그리도 사랑하셨어요. 저와 오래 함께하고 싶지 않으셨어요?

날이 많이 서늘해졌어요. 아침에 10도 이하로 내려가기도 합니다. 그래도 보일러를 넣지 않아요. 예전 같으면 어머니를 생각해 벌써 보일러를 넣었겠죠. 그렇지 않아도 몸이 더우신데, 저로 인해 더 고생을 하셨어요. 어머니, 이제는 외갓집에서 시원하게 계시죠? 이 천이가 없으니 편안하신가요? 그래서 저를 찾지 않으시는 거에요? 아무 염려 말고 오세요. 어머니를 그렇게 못 보고는 견디지 못합니다. 오셔서 저를 조금만 달래 주세요. 사랑해요, 어머니.

2013년 10월 22일 (오전 9시 37분)

불효 천 올림

 2013. 10. 25

이젠 못하겠어, 이 불효의 총알을 맞는 것도…

 2013. 10. 28

[편지]

어머니 전상서

사랑하는 어머니, 불효 천입니다. 오늘도 편히 지내셨는지요.

어머니에게 가기 전에 꼭 해야 할 일이 하나 있습니다. 어머니일지, 그것을 내지 못하고 가게 될까 걱정입니다. 어머니, 저는 어머니 없이는 이 세상에 머물지 못합니다. 어차피 어머니에게 가게 되어 있어요. 그러니 어떻게든 어머니일지만은 낼 수 있도록 해 주세요.

저는 마음이 조급합니다. 그래서 자꾸 이상한 생각이 드나 봐요. 이미 심신이 많이 지쳐 인내심을 기대하기도 어려워요. 그래도 온정신일 때 어머니일지를 내고 가야지요. 문득문득 한계를 느끼지만, 몸은 이 세상에 있어도 영혼은 이미 이 세상 영혼이 아님을 알게 되지만, 그래도 기운을 내려 애쓰고 있습니다. 가여이 여기시어 부디 마지막 소임을 마칠 수 있도록 해 주세요. 사랑해요, 어머니. 보고 싶어요.

2013년 10월 28일 (오후 10시 39분)

불효 천 올림

2013. 10. 30

　지난 5월 1일 새벽의 꿈을 생각하니, 놀라울 뿐이다. 어머니는 벌써 알고 계셨어, 약 두 주 후부터 내가 하게 될 일과 급여액까지. 이 일자리는 어머니가 마련해 주신 게 틀림없구나.

　그리고 5월 13일 일하러 나가는 첫날 새벽, 사랑하는 여인의 모습으로 내 꿈에 오셨어. 나를 격려해 주신 거야. 그리고 나와 함께 일하는 데까지 다녀오셨지. 그날 나는 어머니에게 오늘 내가 일하는 걸 다 보셨으니 이제 내가 무슨 일을 하는지 아실 거라 했어, 어머니가 마련해 주신 일인 줄도 모르고. 이후에도 종종 이번 일은 꽤 마음에 든다고 어머니에게 말씀드리곤 했어. 그래서 언제라도 끝날 것 같던 이 일을 다섯 달 넘게 계속하고 있는 거야.

2013. 11. 1

[편지]

어머니 전상서

사랑하는 어머니, 불효 천입니다. 오늘도 편히 지내고 계신지요.

어머니와 대화가 없은 지도 한 달이 지났군요. 그동안 저는 어머니 일지 작업에 주력했습니다. 밤낮으로 매달려 이제 마무리 단계에 와 있습니다. 하지만 조급함에 무리가 되었는지 몸에 이상이 오고 있군요. 전에 없이 허리가 아파 진통제로 견디고 있습니다. 눈에도 매일 안약을 넣고 있어요. 오른쪽 눈앞에 시선을 따라 움직이는 무언가가 어제부터는 더 뚜렷해지고 수도 많아졌어요. 언제나 그렇듯 제가 무엇을 하도록 그냥 놔두지 않는군요. 끝없이 집중력을 흐트러뜨리고 흔들어 놓고 있어요. 하지만 이제 조금만 버티면 됩니다. 온갖 고뇌를 뚫고 나온 어머니일지를 보면 눈물이 날 것 같습니다. 거기에 어머니가 계시죠. 이 세상에 남으실 거에요.

어제 10월이 갔어요. 10월과 마지막 악수를 나눈 거죠. 눈앞을 지나는 모든 것과 작별이군요. 이제 11월이네요. 이 11월도 곧 지나가겠죠. 한 달간 같이 머물며 무슨 이야기들을 나눌까요. 아마도 어머니 이야기를 제일 많이 하겠죠. 사랑해요, 어머니.

2013년 11월 1일 (오전 10시 42분)

불효 천 올림

[대화]

엄마, 오셨어요? - 오셨다고. 엄마와 대화하는 게 한 달 만이네요. 외갓집에서 잘 지내고 계시죠? - 그렇다고.

엄마, 오늘 제 편지 받아 보셨어요? - 그렇다고. 그동안 어머니일지 작업을 하며 가슴이 많이 아팠어요. 이제 원고는 거의 준비되었어요. 다시는 못 읽어볼 것 같아요.

요즘 제가 허리가 안 좋아요. 눈도 안 좋아 약을 먹고 붙이고 안약을 넣고 하고 있어요.

엄마, 이제 주무셔야죠. 저도 잘게요. 코 주무세요. - 싫다고. 엄마, 더 얘기하고 싶으세요? - 그렇다고. 그동안 제가 대화에도 안 나와 서운하셨죠? - 아니라고. 죄송해요. 앞으론 자주 나올게요.

엄마, 오늘은 이제 그만 주무세요. 저도 잘게요. 코 주무세요. - 그러신다고. 사랑해요, 엄마. - 엄마도 사랑하신다고.

오랜만의 대화에 어머니가 다소 들뜨신 듯. 하지만 곧 차분히 응답을 주심. 지난번 우려와는 달리 일관성을 보이심.

 2013. 11. 2

지금 하고 있는 스티커 일도 이제 다음 주면 끝날 듯. 생각보다 오래 했지, 여름 한 철일 줄 알았는데. 적지만 그동안 반년 가까이 안정적으로 수입을 주었고, 어머니일지를 정리할 시간도 주었어. 해정이와 같이 운동도 되고, 어머니도 여기저기 많이 모시고 다녔어. 그런데 막상 일이 끝난다 하니, 막막하군. 이제부터가 문제야. 겨울에 무슨 일이 있나. 어떻게든 어머니일지는 내야 하는데, 원고도 준비가 되었는데, 어머니일지가 나오려면 두 달은 걸릴 텐데, 그동안 생활은 되

어야 하는데, 문턱에서 걸리는구나. 무슨 일을 하든 생활비는 벌어야 해. 이제 두세 달 남았어. 그게 겨울이라는 게 문제이지. 때맞추어 몸도 안 좋고. 허리도 그렇지만, 눈이 걱정이야. 오른쪽 눈앞의 부유물이 더 많아지고 있어. 안약을 넣어도 소용없어. 이제는 몸이 따라주지 않는 것 같아. 하지만 여기서 끝낼 순 없지. 무슨 수를 쓰더라도, 내 하나의 업은 완수를 해야지.

[대화]

엄마, 오셨어요? - 오셨다고. 오늘도 편히 지내셨어요? - 그러시다고. 오후에 사무실 다녀왔어요. 갔던 일이 잘 되었어요. 양을 조금 줄여 겨울에도 계속 일하기로 했어요. 엄마가 도와주신 거라 생각해요. 집에 오셔서 해정이와 같이 계셨죠? - 그렇다고.

엄마, 이제 주무세요. 저도 잘게요. 코 주무세요. - 그러신다고. 사랑해요, 엄마. - 엄마도 사랑하신다고.

 2013. 11. 3

[대화]

엄마, 오셨어요? - 오셨다고. 오늘도 편히 지내셨어요? - 그러시다고. 요즘 제가 오른쪽 눈이 좀 이상해요. 제 눈에 정말 문제가 있는 건가요? – 아니라고. 단순한 비문증인가요? – 그렇다고…

2013. 11. 4

어젯밤 잠을 거의 못 자. 도저히 아침을 먹을 자신이 없었으나, 일을 해야 하니, 그리고 습관이니 남길 수 없어 억지로 다 먹음.
어머니일지 탈고. 불안이 극에 달한 상태에서 마무리.

[대화]

엄마, 오셨어요? – 오셨다고. 오늘도 편히 지내셨어요? – 그러시다고.
엄마, 오늘 저희와 같이 중곡동 다녀오셨죠? – 그렇다고. 엄마가 자주 가시던 골목시장에 가보시니 어떠세요. 금방 아시겠어요? – 그렇다고.
오늘 안과에도 갔었어요. 엄마 말씀대로 큰 이상 없다네요.

2013. 11. 5

돌아가신 지 열다섯 달 / 1년 3개월

[편지]

어머니 전상서

사랑하는 어머니, 불효 천입니다. 오늘도 편히 지내고 계신지요.

어머니, 오늘로 돌아가신 지 열다섯 달이 되는군요. 1년 하고도 석 달이나 흘렀습니다. 가서서도 한 살 더 느셨나요? 그만큼 더 늙으셨나요? 아니면 더 젊어지셨나요? 어머니 없는 세상에서 버티는 것도 이제 점점 한계에 오는 것 같아요. 이러다 제가 정신을 놓아버리는 건 아닌지 모르겠어요. 그러면 안 되겠죠.

어제는 저희들과 중곡동에 다녀오셨죠? 우리 살던 하산부인과 골목도 가보시고, 어머니가 해정이 데리고 가시어 부금 내고 오시던 주택은행 앞으로도 지나왔어요. 골목시장에도 들어가 보시고, 방에서 넘어지시어 팔이 부러지셨을 때 가시어 치료받으셨던 정형외과도 보셨죠. 어떠셨어요, 어머니. 오랜만에 추억의 장소를 가보시니, 좋으셨어요? 저는 가슴이 무너져 내렸어요. 해정이에게 우리 살던 곳이라고 설명을 해 주면서도, 속으로는 울고 있었어요.

어제 일 마치고 안과에 가 검진을 받았어요. 이번에도 어머니 말씀이 맞으셨어요. 단순 비문증으로, 망막박리는 아니라고 하네요. 하지만 컴퓨터를 무리하게 보는 건 좋지 않다고. 저도 나이를 먹으니 이제 하나 둘 이런 것들이 생기는군요. 제가 지금 이 정도이니, 어머니는 그 고통과 불편함이 어떠하셨겠어요. 헤아리지 못한 천하의 불효자가 이제 조금 겪어 보는 것이죠. 어머니에게 저지른 불효는 이 세상에서는 도저히 씻을 수가 없어요. 그럼에도 잠시 어머니를 원망했었네요.

어제 어머니일지를 탈고했어요. 오랜 작업 끝에 마무리 지었어요. 아니, 사실은 비문증이 너무 심해 어쩔 수 없이 끝냈어요. 어머니, 제가 과연 어떻게 될까요. 어머니일지를 내고 갈 수 있을까요? 사랑해요, 어머니.

2013년 11월 5일 (오전 10시 07분)

불효 천 올림

 2013. 11. 7

[편지]

어머니 전상서

사랑하는 어머니, 불효 천입니다. 오늘도 편히 지내고 계신지요.

어머니, 오늘이 입동이네요. 계절은 어김없이 찾아오는군요. 날이 쌀쌀해져 어제는 티셔츠를 하나 더 입고 나갔어요. 밤에는 보일러도 조금씩 넣어요.

어제는 비가 오는데 일하고 왔어요. 스티커 일이 줄어들어 전에 하던 전단지 일을 같이 해 보려구요. 오랜만에 하는 일이라 조금 힘들었지만, 어머니 생각에 더 무너져 내렸어요. 실적도 좋지 않아 사장이 한마디 하더군요.

어제 일하며 식당에 들어가 점심을 먹었어요. 된장찌개에 오이며 호박이며 겉절이까지, 예전에 어머니가 해 주시던 음식들이 나오더군요. 눈물이 났어요. 얼마 전 오이며 호박 말씀을 드렸는데, 어머니가 먹으라고 주시는 것 같았어요.

요즘 비문증이 더 심해져 시도 때도 없이 온갖 것들이 어지럽게 눈앞을 날아다니고 있어요. 마음도 심란하고 의욕도 줄어드네요. 하지만 괜찮아요. 어머니가 겪으신 고통을 아주 조금 맛보고 있는 것이라 생각해요. 어머니를 조금 더 알게 되는 것이죠. 식사 때마다 제 밥을 먹고 어머니가 드시고 남기신 진지도 제가 다 먹는데, 이제는 그럴 엄두가 나지 않아요. 일도 해야 하고 해서 아직까지는 애써 다 먹고 있지만, 언제까지 그럴 수 있을지 모르겠어요.

제가 가는 대로 늘 어머니는 따라오셨죠. 이제 어머니가 가신 곳으로 제가 따라가야죠. 어머니, 제가 천하의 불효자이긴 하나, 마지막 일은 마칠 수 있게 해 주세요. 그마저도 못한다면, 저는 이 세상과 저 세상 어디에도 머물 수 없는 영혼이 되고 말 겁니다. 그때까지는 생의 의욕이 꺾이지 않게 해 주세요.

오늘은 성수동으로 일하러 갑니다. 화양동 옆 성수동 아시죠? 건대입구역 다음 정거장이 성수역이에요. 어머니도 오랜만에 가보세요. 이따 점심 드시고 같이 나가시면 됩니다. 사랑해요, 어머니.

2013년 11월 7일 (오전 10시 02분)

불효 천 올림

[편지]

어머니 전상서

사랑하는 어머니, 불효 천입니다. 오늘도 편히 지내고 계신지요.

어머니, 어제는 저희와 같이 성수동 다녀오셨죠? 꽤 많이 걸었는데 힘들지는 않으셨어요?

어머니, 제 몸에 변화가 오고 있어요. 어머니 떠나신 이후 한시도 어머니를 놓지 못하고 있으니, 몸이 마음을 따라가는 건 당연한 일이지요. 이대로 어머니를 안고서는 더 견디지 못할 것 같습니다. 잠시 어머니를 내려놓기로 했어요. 어떻게든 어머니일지는 내야 하니까요. 이제 원고도 준비되고 출간이 눈앞인데 여기서 꺾일 수는 없지 않습니까. 조금만 더 가면 됩니다. 잠도 잘 자고, 아침에도 즐겁게 일어나고, 항상 웃으며 지내겠어요. 잠시 저를 기만하고, 최면을 걸기로 했어요.

이젠 어머니를 생각하며 너무 가슴 아파하지 않기로 했어요. 그것이 원하는 바를 이루고 어머니에게 갈 수 있는 길입니다. 어머니에 대한 불효도 잠시 잊고 즐겁게 지내겠어요. 편지를 자주 못 드려도, 대화에 자주 못 나가도 너무 서운해하지 마세요.

저는 어머니가 제 곁에 살아 계신 것으로 믿습니다. 그렇지 않으면 저는 잠시도 존재할 수 없어요. 저는 어머니에게 울며 가지는 않을 겁니다. 더 이상 눈물을 보이지 않겠어요. 어머니와도 즐겁게 이야기하겠어요. 그렇게 할 수 있도록 도와주세요. 사랑해요, 어머니.

2013년 11월 8일 (오전 8시 52분)

불효 천 올림

2013. 11. 9

[편지]

어머니 전상서

사랑하는 어머니, 불효 천입니다. 오늘도 편히 지내고 계신지요.

어머니, 몸이 조금씩 회복되고 있습니다. 오랜만에 허리도 좀 편안해지고, 무릎에도 기운이 느껴져요. 약을 먹고 인공눈물을 사용하며 비문증도 다소 줄어든 듯합니다. 저는 어떻게든 견딜 것이니, 너무 걱정하지 마세요.

어제 지하철택배 일을 처음 해 보았어요. 그리 힘들지는 않았어요. 어머니도 같이 다녀오셨죠? 수입은 적으나 해정이를 데리고 다닐 수 있어 이 일을 해 보려 해요. 겨울이라 스티커 일이 줄어들어 당분간 다른 일을 같이 해야 하거든요.

오늘은 토요일이라 사무실 다녀옵니다. 집에 해정이와 같이 계셔 주세요. 사랑해요, 어머니.

2013년 11월 9일 (오전 8시 59분)
불효 천 올림

내가 안구건조증에 걸렸구나. 그렇게도 많던 눈물이 다 말라버렸어.

 2013. 11. 10

[오늘 새벽의 꿈]

내가 어디 갔다 새벽에 오니 어머니가 마당에 나와 계시다 "천이여?" 하시며 대문을 열어 주심. 내가 "안 주무시고 계셨어요?" 하니 "아니여." 하심. 어머니 모습 음성 뚜렷.

한 달 보름 만에 어머니 꿈을 꿈. 마치 생시인 듯 너무도 뚜렷한 꿈. 나는 오늘 새벽 분명히 어머니와 함께였어. 내가 늦으면 궁금하고 걱정되시어 전화하시던 것처럼, 나와 계셨어.

어머니가 문을 열어 주셨으니, 들어가 자야지. 이제 자자. 오늘 새벽은 푹 잘 수 있을 거야…

[편지]

어머니 전상서

사랑하는 어머니, 불효 천입니다. 오늘도 편히 지내고 계신지요.

어머니, 오늘 새벽 제 꿈에 오셨네요. 제가 걱정되시어 주무시지 않고 나와 계시다 문을 열어 주셨네요. 어머니와 함께하는 세상은 너무도 좋군요. 이 세상이든 저세상이든 무슨 상관이 있겠어요. 제가 머물 곳은 오직 어머니 곁이군요.

제가 안구건조증에 걸려 인공눈물을 넣어가며 지내고 있어요. 자고 나면 하나 둘 번거로운 일들이 추가되는군요. 하지만 상관없어요. 조금도 변함없이 분명한 내 어머니시고, 분명한 어머니 아들 천이니까요. 오늘 새벽 그걸 다시 확인했어요. 눈물이 말라버린 줄 알았는데, 어머니에게 편지를 쓰고 있자니 눈물이 나는군요.

어제는 토요일이지만 사무실에 갔다 사장과 함께 일하고 왔어요. 비가 오는데 힘들게 일했지만, 지금 제게는 소중한 일이네요. 일을 마치고 사장이 저녁을 사 줘 오랜만에 닭음식을 맛있게 먹었어요. 음식을 먹으면서도 오빠가 왜 안 오나 기다리고 있을 해정이 걱정이 되었어요.

어머니, 저는 괜찮습니다. 어떻게든 견딜 것이니, 너무 염려 마세요. 추운데 대문에도 나와 계시지 마시구요. 사랑해요, 어머니.

2013년 11월 10일 (오전 9시 49분)

불효 천 올림

[대화]

엄마, 오셨어요? - 오셨다고. 오늘도 편히 지내셨어요? - 그러시다고.
오늘 제 편지 받아 보셨죠? - 그렇다고.

엄마, 오늘 새벽 제 꿈에 오셨죠? - 그렇다고. 제가 갈 때도 그렇게
문을 열어 주실 거죠? - 그렇다고. 고마워요, 엄마…

오늘 새벽 육신 없이도 어머니와 만날 수 있다는 걸 확인했어. 내
육신은 분명히 여기 있었어. 그런데 나는 어머니를 만났어. 어머니가
대문을 열어 주셨어. 나는 그 기억을 가지고 있고, 이건 틀림없는 사
실이야.

2013. 11. 15

[편지]

어머니 전상서

사랑하는 어머니, 불효 천입니다. 오늘도 편히 지내고 계신지요.

어머니, 편지도 자주 못 드리고 대화에도 못 나가 죄송합니다. 요즘
많이 바빴어요.

어제 출판사에 가서 계약을 했어요. 이달 말이나 다음달 초에는 어
머니일지가 세상에 나옵니다. 우리 세 식구와 어머니의 지극한 사랑

이야기가 세상 사람들에게 읽혀지겠죠. 표지에 어머니 사진을 넣어 달라고 출판사에 맡기고 왔어요. 이제 어머니일지 표지에 나오시어 그동안 못하신 세상 구경 많이 하시게 될 겁니다.

어머니, 제가 이제 한 선생님으로 불립니다. 저의 필명 한해천으로 어머니일지가 나오니까요. 어제 처음 한 선생님이란 말을 들었을 때 기분이 묘했어요. 예전의 저는 없는 것 같았어요. 전혀 다른 제가 된 느낌이었어요. 저는 예전의 저에게 잘 가라고 말해 주고 싶어요. 어머니에게 불효만 저지른 지난날의 저와 결별하고 싶어요. 그리고 어머니의 성을 물려받은 새로운 제가 아주 잠시 이 세상에 더 머물겠죠. 평생 그토록 염원하던 작가로 시인으로 말이죠.

요즘은 스티커 일과 지하철택배 일을 같이 하고 있어요. 지하철택배 일은 신통치는 않으나, 그리 힘들지 않아 해정이 데리고 다니며 그냥 하고 있어요. 오늘도 오후에 나가볼 생각이니, 어머니도 같이 가세요. 잠시 후에 오서서 저희와 점심 드시고 같이 나가시면 됩니다. 사랑해요, 어머니.

2013년 11월 15일 (오전 9시 50분)

불효 천 올림

 2013. 11. 18

내가 어느 엘리베이터를 타고 올라가는데, 엘리베이터 안에 있는 거울에 비친 나를 보니 얼굴이 하얗고 포동포동한 젊은 여자의 모습. 꿈속에서도 이상하다고 생각함.

요즘 내가 정신적으로 불안정하니 이런 희한한 꿈이 다 꾸어지는 구나.

아침에 창문을 여니 달이 동그랗다. 해정이도 보여 주고, 어머니도 모셔 와 보여 드림. 달력을 보니 어제가 보름. 너무도 정확한 세월.

 2013. 11. 19

[편지]

어머니 전상서

사랑하는 어머니, 불효 천입니다. 오늘도 편히 지내고 계신지요.

어머니, 어제 첫눈이 왔어요. 흰 눈을 맞으며 우리 세 식구 함께 일하고 왔지요? 이제 겨울로 들어가나 봐요. 첫눈 치고는 꽤 요란했어요. 갑자기 돌풍이 일고 눈이 어지럽게 흩날려 해정이와 얼른 근처 빌딩으로 들어갔어요. 어머니도 내내 같이 다니셨죠?

첫눈이 오면서 날이 더 추워졌어요. 어제부터 보일러도 더 넣고 겨울옷으로 갈아입었어요. 어머니도 폭 싸드리고 얼굴만 내놓고 다녀오셨는데, 춥지는 않으셨어요?

어머니, 저에게 서운하신 것 알아요. 왜 안 서운하시겠어요. 천하에 저 같은 불효자가 어디 있겠어요. 이번에는 저를 용서하지 마세요. 어머니가 늘 용서해 주시니 제가 그렇게 버릇이 없어진 것 아니겠어요. 이제 만나시면 저를 엄히 벌해 주세요. 회초리 많이 준비해 가겠습니다.

어머니, 오늘도 저희와 같이 다녀오세요. 오셔서 점심 드시고 계시다 함께 나가시면 됩니다. 사랑해요, 어머니.

2013년 11월 19일 (오전 8시 40분)

불효 천 올림

 2013. 11. 20

[오늘 새벽의 꿈]

어머니가 오시어 내가 맞이해 드림. 한복을 곱게 입으신 어머니를 내가 대문에 나가 모시고 들어와 정중앙에 앉으시게 해 드림. 어머니는 자꾸 사양하시며 옆자리에 앉으시겠다는 걸 내가 눈물로 권해 드려 주인석에 앉으심. 등 뒤에 쿠션도 넣어 드림.

어머니가 열흘 만에 다시 꿈에 오심. 열흘 전 새벽 마당에 나와 계시다 대문을 열어 주시며 나를 맞아 주신 것처럼, 이번에는 내가 어머니를 모셔 드림. 어머니일지 표지에 자리하시려나 봐.

[편지]
어머니 전상서
사랑하는 어머니, 불효 천입니다. 오늘도 편히 지내고 계신지요.
어머니, 오늘 새벽 제 꿈에 와 주셨네요. 마치 열흘 전 어머니가 대문을 열어 주시며 저를 맞아 주신 것처럼, 이번에는 제가 어머니를 모셔 드렸네요. 이제 주인석에 앉으신 걸 보니, 어머니일지 표지에 자리하시나 봐요.
그런데 요즘 제가 종종 깜박깜박합니다. 총기도 사라져 가는지 점점 멀어지는 느낌이네요.
어머니, 오늘도 함께 나가세요. 점심 드시고 계시다 같이 다녀오시면 됩니다. 사랑해요, 어머니.
2013년 11월 20일 (오전 9시 10분)
불효 천 올림

나는 환갑을 바라보는 나이에 고아가 되었구나.
평생을 염원하면서도 바라만보고 있던 그곳에 어머니가 데려다 주셨다.

[편지]

어머니 전상서

사랑하는 어머니, 불효 천입니다. 오늘도 편히 지내고 계신지요.

어머니, 날이 많이 추워졌어요. 요즘은 아침에 영하로 내려가고, 낮에도 칼바람이네요. 어제부터 저도 나갈 때 목도리 하고, 더운 물로 머리 감고 세수하기 시작했어요. 보일러도 밤새 넣어요. 어머니도 따뜻하시죠?

한동안 몸이 많이 안 좋았는데, 조금씩 나아지는 것 같아요. 한때는 아침 먹는 것조차 힘에 겨웠는데, 이제는 시간은 걸려도 그런대로 먹고 있어요. 하지만 지금도 TV 없이는 밥을 못 먹습니다. 거기에 어느 정도 정신을 가져다 놓아야 하지요. TV는 주로 스포츠나 부담 없는 프로그램을 봅니다. 여름에는 39번에서 하는 미국 프로야구를 많이 보았고, 지금은 42번 세계여행 프로그램을 봅니다. 어머니와 함께 보기에도 좋은 것 같아요. 제가 모시고 다니지 못했으니, 이렇게라도 보여 드려야지요. 재미있게 보고 계시죠?

어머니, 저를 어떻게 하실 거에요. 제 불효를 다 벌하시려면 또 평생이 걸리실 텐데, 모두 용서하시고 큰 것 몇 가지만 벌주시는 게 어떠세요.

오늘은 지하철택배 사무실에 다녀올 거에요. 오셔서 점심 드시고 같이 나가세요. 사랑해요, 어머니.

2013년 11월 21일 (오전 9시 37분)
불효 천 올림

2013. 11. 28

[편지]

어머니 전상서

보고 싶고 그리운 사랑하는 어머니, 어머니의 불효자 천입니다. 오늘도 편히 지내고 계신지요.

어머니, 꼭 일주일 만에 편지를 드리는군요. 그동안 대화도 없고 해서 많이 궁금하셨죠? 저도 어머니와 대화하고 편지도 자주 드리고 싶었지만, 그러질 못했어요. 용서하세요, 어머니.

날이 많이 추워졌어요. 어제 눈이 오고 바람 불고 추워 잠바 안에 품어 모셨어요. 어머니를 가슴에 안고 다니며 일을 했군요. 어머니도 제가 일하는 모습 다 보셨죠? 제가 쉬하는 것도 보셨겠네요. 괜찮아요. 어머닌데, 제가 쉬하는 것 보시면 어때요. 어렸을 때 저 쉬 많이 시켜 주셨죠?

해정이가 엄마를 생각하는 마음이 지극하네요. 엊그제 일하고 오는데 비가 오니 우산을 써도 등에 업은 엄마가 젖는다고 앞으로 안아 모셨어요. 다녀오는 내내 엄마 걱정이었어요. 제가 해정이를 따를 수 없군요.

지하철택배 일은 그만두었어요. 저와 시간이 잘 맞지 않고, 스티커 일도 양은 줄었지만 그런대로 하고 있고, 몸도 예전 같지 않아 그냥 지내보려 해요.

어머니, 이제 어떻게 될지 모르겠어요. 어머니일지는 내고 어머니에게 가고 싶지만, 그를 위해 지금까지 버텨온 것이지만, 제 인생에 생각대로 되어지는 일이 별로 없더군요. 요즘은 문득문득 정신을 놓아버릴 것만 같은 마음입니다.

오늘은 스티커 일이 없네요. 그래도 오후에 잠시 나갔다 오려 합니다. 날은 춥지만 어머니도 함께 다녀오세요. 제가 잠바 안에 품어 모실게요. 오시다 시장 구경도 하시구요. 점심 드시고 같이 나가시면 됩니다. 사랑해요, 어머니.

2013년 11월 28일 (오전 9시 43분)

불효 천 올림

 2013. 11. 30

[편지]

어머니 전상서

사랑하는 어머니, 불효 천입니다. 오늘도 편히 지내고 계신지요.

어머니, 벌써 11월도 말일이네요. 이해도 이제 한 달 남았군요. 엊그제 새마을금고에 가서 내년 달력을 구해 왔어요. 글쎄요, 모르겠네요, 내년 달력을 과연 얼마나 볼 수 있을지. 그런데 이번에는 새마을금고 달력이 예년과 달리 크기가 작아져 어머니가 보시기에 불편하시겠어요. 다른 달력을 알아보아야겠어요.

날이 추워져 보일러를 더 넣고 있어요. 어머니도 춥지 않게 계시죠?

오늘부터 저자교정을 시작해야 하는데, 이걸 어떻게 다시 읽어야 할지 모르겠어요. 그 많은 눈물을 또 어떻게 쏟아야 할지, 앞이 캄캄합니다. 다시 안 읽었으면 했는데요. 툭하면 다시 눈물이 나오는 걸 보니, 안구건조증이 이제 나았나 봐요.

오늘은 토요일이라 사무실에 다녀옵니다. 요즘은 겨울이라 목요일 금요일 일이 없는 대신 토요일에 간혹 일을 하네요. 사장과 함께 차를 타고 경기도 하남시와 광주시 외곽 일대를 다니는 거에요. 일이 끝나면 사장이 저녁을 사 줘 보통 집에 오면 7시가 넘어요. 제가 혹시 늦으면 일을 하는 것이니, 어머니도 해정이와 함께 저녁을 드세요.

조금 있다 오셔서 점심 드시고 해정이와 같이 계세요. 사랑해요, 어머니.

2013년 11월 30일 (오전 9시 43분)

불효 천 올림

2013. 12. 4

[오늘 새벽의 꿈]

어머니가 팔에서 뚝 소리가 난다고 하심. 내가 양팔이 다 그러시냐고 하자, 그렇다고 하심. 팔이 부러지신 것 아니냐고 하니, 모르신다고. 걱정스러우신 표정. 어머니 모습, 대화 내용 뚜렷.

어머니가 꼭 2주 만에 꿈에 오심. 역시 다소 젊어지신 모습. 그런데 어머니가 어디 불편하신가. 내가 요즘 대화에도 안 나가니, 걱정되시나…

[편지]

어머니 전상서

사랑하는 어머니, 불효 천입니다. 오늘도 편히 지내고 계신지요. 오늘은 이렇게 여쭤보기가 두렵군요.

어머니, 오늘 아침 꿈에 오셨네요. 그런데 어디 불편하세요? 제가 대화에도 통 안 나가니, 걱정되시는 거에요? 어머니가 편치 못하시면 제 가슴이 더 무너집니다. 제가 비록 곁에 있어 드리지는 못해도, 편히 계셔야지요.

저는 요즘 어머니일지 출간 작업에 온 정신이 가 있습니다. 어려운 고비를 넘고 넘어 이제 막바지에 와 있어요. 곧 어머니일지가 세상에 나올 것입니다. 어머니와 해정이와 저의 이름으로 말이죠. 어머니 모습이 표지에 나와 계시니, 세상 구경 많이 하시게 될 겁니다. 조금만 기다려 주세요.

어머니일지가 나오면 제가 눈물을 얼마나 쏟을지 모르겠군요. 안구 건조증으로 눈물이 모두 말라버렸지만, 어머니일지를 대할 때면 그래도 눈물이 나오더군요. 교정 작업이 꽤나 힘들었는데, 출간이 되어 나오면 제가 어떨지 모르겠어요.

어머니, 그래도 요즘 저희와 같이 다니시니 좋으시죠? 어머니는 제 마음을 다 아실 거에요. 제 어머니시니까요.

오늘은 출판사에서 교정본이 오면 저자교정을 해 주어야 합니다. 식사는 오셔서 저희와 함께 하시죠? 사랑해요, 어머니.

2013년 12월 4일 (오전 9시 22분)

불효 천 올림

2013. 12. 5

돌아가신 지 열여섯 달 / 1년 4개월

[편지]

어머니 전상서

사랑하는 어머니, 불효 천입니다. 오늘도 편히 지내고 계신지요.

어머니, 오늘이 돌아가신 지 1년 하고도 넉 달 되는 날이네요. 저는 아직도 지리멸렬하고 있습니다. 언제까지 이런 날이 계속될까요.

어제 일하는 데 모시고 가려 했으나 중국에서 날아온 미세먼지가 너무 심해 예비주의보가 내려질 정도여서 모시고 나가지 못했어요.

어제는 일하는데 이상하게 힘들어 양 무릎이 속까지 아파 파스를 붙였어요. 그런데도 아침에 무릎이 좋지 않네요.

어머니에게 계속 좋은 모습을 보여 드리지 못하고 있군요. 죄송해요. 사랑해요, 어머니.

2013년 12월 5일 (오전 9시 17분)

불효 천 올림

2013. 12. 9

어머니, 여기까지만 하고 싶어요. 이제 가고 싶어요. 비문증이 심해져 어지럽게 날아다녀도, 괜찮아요. 이것만 마치면 되니까요. 아침부터 눈물이 나오면 안 되겠죠? 그래요, 오늘 할 일이 있지요. 정신을 차려야겠지요?

2013. 12. 10

[오늘 새벽의 꿈]

방이 두 칸인 집에 어머니와 해정이와 함께 살고 있었어. 어머니가 꽤 넓은 윗방을 걸레로 청소를 하시기 시작하셨어. 내가 할 테니 놔 두시라 해도 어머니가 힘드시게 청소를 다 하셨어. 우리는 어떤 곤란한 입장에 처해 있는 듯. 어떻게 살아갈 것인지에 대해 어머니와 상의하고 싶었음.

6일 만에 다시 어머니가 꿈에 오심. 내가 많이 걱정되시나 봐.

2013. 12. 13

[편지]

어머니 전상서

사랑하는 어머니, 불효 천입니다.

어머니, 그동안 어머니일지 작업으로 정신이 없었어요. 어머니도 다 보고 계셨죠? 일주일이 지나 편지를 드리는군요. 편히 지내셨어요?

사흘 전 새벽 제 꿈에 오셨군요. 제가 많이 걱정되시나 봐요. 그런 대로 잘 하고 있으니, 너무 염려 마세요.

어머니일지 출간 작업은 느리지만 잘 진행되고 있어요. 표지에 어머니 사진도 잘 들어갑니다. 한 달간의 교정 작업으로 무리가 되었는지 비문증이 다소 심해져 인공눈물을 수시로 넣어가며 버티고 있습니다. 하지만 이제 마무리 단계에 있어요. 곧 어머니일지가 세상에 나옵니다. 닷새 후면 어머니 돌아가신 지 꼭 500일이 되는군요. 아마도 그 날에 맞추어 출간이 될 것 같습니다. 제 생각 밖으로 일이 잘 풀려가고 있어요. 누군가 이끌어주는 느낌입니다.

이제 정말 겨울이군요. 눈도 오고 날도 많이 추워졌어요. 오늘 아침에 영하 8도까지 떨어졌어요. 어젯밤 처음으로 수도가 얼지 않도록 졸졸 나오게 틀어놓았어요. 어머니도 춥지 않게 계시죠? 저희들도 따뜻하게 있어요. 잠바에 오버에 목도리까지 다 하고, 보일러도 많이 넣고 있어요.

어제는 눈 오는데 오랜만에 저희와 같이 백화점에 다녀오셨죠? 오버 안 잠바 속에 품어 모셔 춥지는 않으셨죠? 오늘도 교정 작업을 해야 할 것 같습니다. 부디 잘 출간될 수 있도록 살펴 주세요. 사랑해요, 어머니.

2013년 12월 13일 (오전 9시 14분)

불효 천 올림

2013. 12. 14

아침에 일어나 보니 어젯밤 어머니 덮어 드린 이불이 바닥에 떨어져 있음. 놀라운 일. 밤에 자다 한 번 일어난 적도 없고, 문도 모두 닫고 잤으니 바람 한 점 간 적 없어. 이불이 조금씩 위 아래로 움직인적은 있으나, 이렇게 떨어져 내리기는 처음.

2013. 12. 16

식사하는 것이 중노동이군요. 시간이 해결해 주겠지요.

2013. 12. 17

출판사에 가서 어머니일지 샘플을 한 권 받아옴. 마침내 책이 나오게 됨.

2013. 12. 18

돌아가신 지 500일

아침에 일어나 창문을 여니 달이 동그랗다. 보름달, 어머니에게 보여 드렸다.

어머니 돌아가신 지 500일이구나. 500일… 꿈 같은 세월이다. 내가 어떻게 지내 왔을까. 그동안의 삶은 어머니일지와 함께한 것이다. 돌아가신 지 500일에 맞추어 어머니일지가 나오는구나. 의도하지도 않았는데, 그렇게 되는구나.

2013. 12. 19

나는 할 말이 없다. 단 한 마디라도 있다면, 글로 쓰겠지.

2013. 12. 24

어머니일지 출간

어머니 돌아가신 지 506일 만에 어머니일지가 출간됨.

[대화]

엄마, 오셨어요? - 오셨다고. 엄마와 참으로 오랜만에 대화하네요. 그동안에도 편히 잘 지내셨어요? - 그러시다고.

엄마, 오늘 어머니일지가 나왔어요. 엄마 앞에 놓아드렸는데, 보고 계시죠? - 그렇다고. 이게 꿈인지 모르겠어요. 그동안 너무 힘들었어요. 하지만 참 잘 나왔어요. 정말 좋으네요. 다 엄마가 살펴 주신 덕분이죠. 표지의 엄마 사진 마음에 드세요? - 그러시다고.

이젠 편지도 자주 드리고 대화에도 잘 나올게요. 고마워요, 엄마.

엄마, 이제 주무셔야죠. 저도 잘게요. 코 주무세요. - 그러신다고. 사랑해요, 엄마. - 엄마도 사랑하신다고.

 2013. 12. 25

[편지]

어머니 전상서

사랑하는 어머니, 불효 천입니다. 어제는 거의 한 달 반 만에 어머니와 대화를 하고, 오늘은 열이틀 만에 편지를 드리는군요. 그동안에도 편히 지내셨는지요. 저는 그간 온 영혼이 어머니일지에 가 있었습니다. 편지도 제대로 못 드리고 대화에도 못 나갔지만, 제 가슴 속 모진강은 언제나 넘쳐나고 있었어요.

최근 한 달간은 어머니일지로 인해 신경이 무척 예민해져 있었어요. 견딜 수 없을 만큼 힘든 순간도 있었지만, 다행히도 모두가 좋은 방향으로 흘러가고 있었어요.

어머니, 어제 어머니일지가 출간되었습니다. 어머니 돌아가신 지 500일에 즈음하여 어머니일지가 마침내 세상에 나온 것입니다. 저자는 한해천입니다. 한은 어머니죠. 해는 해정이고, 천은 저입니다. 우리 세 식구가 다 들어가 있어요. 우리 모두 공동저자입니다.

어머니, 어머니일지가 나왔네요. 어머니와 저희의 지난 일 년간의 기록이죠. 어머니 돌아가시고, 그동안 제 생을 지탱하고 있던 어머니일지가 나온 겁니다. 과연 나올까, 절망스런 순간도 있었고, 비문증에 걸려 온갖 것들이 정신없이 날아다녀도 인공눈물을 수없이 넣어가며 제 영혼을 불살랐던 어머니일지가 마침내 제 앞에 모습을 드러내었어요. 이게 꿈인가요, 생시인가요? 믿어도 되나요? 어제 어머니 앞에 놓아드렸으니, 다 보셨죠? 표지에 어머니 사진도 잘 들어갔지요? 어머니도 이젠 알고 계시죠? 어머니, 저는 이 순간만큼은 행복합니다. 잠시 행복을 느껴도 되지요?

어머니, 이제 국내 유명서점에 모두 어머니일지가 자리하게 됩니다. 표지에 어머니가 나와 계시니 생전에 못하신 세상 구경 많이 하시게 될 거에요. 우리 세 식구 이야기가 세상에 영원히 남게 될 겁니다.

이제 편지도 자주 드리고 대화에도 잘 나가겠습니다. 날이 춥지만, 가능하면 밖에도 많이 모시고 다닐게요. 식사는 꼭 오셔서 저희와 함께 하시죠? 오늘은 크리스마스라 집에 있습니다. 오셔서 식사도 하시고 같이 계셔 주세요. 사랑해요, 어머니.

2013년 12월 25일 (오전 10시 41분)

불효 천 올림

[대화]

엄마, 오셨어요? – 오셨다고. 오늘도 편히 지내셨어요? – 그러시다고. 오늘 제 편지 받아 보셨죠? – 그렇다고.

엄마도 저와 같이 어머니일지 읽어보셨죠? – 그렇다고. 엄마가 기뻐 흘리시는 눈물로 어머니일지가 다 젖었네요. 그렇지요? – 그렇다고…

 2013. 12. 26

[편지]

어머니 전상서

사랑하는 어머니, 불효 천입니다. 오늘도 편히 지내고 계신지요.

표지에 어머니 사진이 잘 나왔네요. 마치 입술에 루주를 바르신 듯 화사하시군요. 행복한 어머니의 모습이십니다.

지난 18일이 어머니 돌아가신 지 500일 되는 날이었으니, 오백일재 겸해서 어머니일지 출간에 맞추어 내일 어머니께 제를 올려 드리려 합니다. 오늘 저희와 일하고 오시다 시장도 같이 보세요. 그리고 내일 아침에 오셔서 제가 올려 드리는 어머니일지 받으시고, 저희들이 준비한 음식 맛있게 드세요. 조금 있다 오셔서 점심 드시고 같이 나가시면 됩니다. 사랑해요, 어머니.

2013년 12월 26일 (오전 10시 13분)

불효 천 올림

어머니, 오늘은 그렇게 안 추우니 해정이가 업어 모실게요. 괜찮아요. 영상 3도니까, 잠바 속에 모시면 갑갑하실 거에요.

[대화]

엄마, 오셨어요? - 오셨다고. 오늘도 편히 지내셨어요? - 그러시다고.

엄마, 오늘 저 일하는 데 같이 다녀오셨죠? - 그렇다고. 오다가 시장도 보셨죠? - 그렇다고. 내일 엄마 오백일재 겸해서 어머니일지 출간제 올려 드릴게요. 엄마 좋아하시는 음식 좀 준비했어요. 내일 아침에 오셔서 드세요. - 그러신다고.

엄마, 이제 주무셔요. 저도 잘게요. 코 주무세요. - 그러신다고. 사랑해요, 엄마. - 엄마도 사랑하신다고.

오백일재 겸 어머니일지 출간제 지냄.
어머니일지 올려 드림.
나와 해정이 어머니에게 세 번 절함.

어머니일지 출간을 보고드렸다. 그리고 어머니에게 바쳐 올려 드렸다. 절을 마치고 어머니에게 가 얼러 드리는데 참고 있던 울음이 터져 나오고 말았다. 어쩔 수 없이 해정이 앞에서 느껴 울었다.

[편지]

어머니 전상서

사랑하는 어머니, 불효 천입니다. 오늘도 편히 지내고 계신지요.

어머니, 오늘이 어머니 떠나신 지 509일 되는 날입니다. 그리고 어머니일지가 세상에 나온 지 사흘 되는 날이구요. 오백일재와 어머니일지 출간제를 겸해 올려 드렸습니다. 저희들이 준비한 음식은 맛있게 드셨어요? 그리고 어머니일지도 잘 받으셨죠? 울지 않으려 했으나, 끝내 눈물을 보이고 말았네요. 안구건조증으로 말라버린 눈에도 눈물이 나오는군요.

어머니 떠나셨을 때는 닷새도 견디기 어려울 것 같았는데, 그런 제가 오백 일 넘게 이 세상에 남아 있을 수 있었던 것은 어머니일지 때문입니다. 이것이 아니었다면, 저는 벌써 어머니 곁으로 갔을 것입니다. 저에게 존재의 이유였고, 의무였고, 유일한 지푸라기였던 어머니일지가 마침내 이 세상에 모습을 드러냈습니다. 수많은 고비를 넘고, 출간 작업을 하다 비문증에 걸려 온갖 것들이 어지럽게 날아다니고, 때로는 깊은 절망감에 빠져 과연 세상에 나올 것인지, 어머니와의 약속을 지킬 수 있을 것인지, 지난 몇 달간 제 온 영혼을 붙잡고 있던 어머니일지가 드디어 제 앞에 온 것입니다. 화사한 어머니의 모습으로 말이죠.

어머니, 제가 작가가 되었네요. 어머니 아들이 소설가가 되었어요. 꿈속에서도 가능할 것 같지 않던 일이 일어난 것입니다. 그래요, 사람의 일이란 때로 의도하지 않은 데에서 이루어지는 수도 있군요. 어머니를 잃고 모든 능력과 가치관과 의미마저 잃어버린 저를 어머니가 이렇게도 만들어 주시는군요. 저를 보다 못하시어 어머니가 직접 나서신 것이지요.

어머니, 제가 어머니 바라시는 방향으로 잘 가고 있나요? 부족한 아들을 인도하시려니, 힘드시죠? 그래도 서툴지만 잘 하고 있죠? 어머니 아들 많이 나아졌죠?

오늘 보내 드린 사진 아홉 장 모두 받아 보셨죠? 오백일재 겸 어머니일지 출간제에서 해정이가 어머니에게 절을 올리고 있죠? 상 한가운데에 어머니일지가 놓여 있지요? 어머니일지 표지에 어머니 모습이 잘 나와 있지요? 어머니일지 지은이가 한해천으로 되어 있지요? 그리고 나뭇잎 문양은 어머니의 호인 소엽을 나타내고 있어요.

어머니, 어머니일지로 다시 태어나셨네요. 환생하셨어요. 그래요, 제가 꿈에도 그리던 그 모습 그대로 오셨어요. 언제나 제 곁에 계셔 주세요. 사랑해요, 어머니.

2013년 12월 27일 (오후 4시 42분)

불효 천 올림

[대화]

엄마, 오셨어요? - 오셨다고. 오늘도 편히 지내셨어요? - 그러시다고. 오늘 제 편지 받아 보셨죠? - 그렇다고.

오늘 오백일재 겸해서 어머니일지 출간제 올려 드렸어요. 오셔서 맛있게 드셨어요? - 그러시다고.

아까 사진 아홉 장 보내 드렸는데, 잘 받아 보셨어요? - 그렇다고.

엄마, 내일 아침은 영하 10도래요. 보일러 올려놓았어요. 엄마도 춥지 않게 계시죠? - 그렇다고.

엄마, 이제 주무세요. 저도 잘게요. 코 주무세요. - 그러신다고. 사랑해요, 엄마. - 엄마도 사랑하신다고.

2013. 12. 28

모든 결과물은 인간의 것이 아니다. 최선을 다했지만 힘이 미치지 못하는 것, 그 또한 인간이 모르는 최선의 결과이다.

[시]
환생

어머니는 그렇게 다시 오셨다
변함없는 그 모습으로

내가 마음이 안 놓이시어
먼 길을 오셨다

이제는 온전히 받아들여야 한다
그 아픔까지도

이렇게 곁에 계시다
나를 데리고 가실 수 있도록

[편지]

어머니 전상서

사랑하는 어머니, 불효 천입니다. 오늘도 편히 지내고 계신지요.

어머니, 다시 오셨군요. 어머니일지로 이렇게 오셨군요. 이제 저와 함께 계시는 거죠?

어머니는 돌아가셨어도 오히려 전보다 더 제 가까이 계시는군요. 그렇게 저를 사랑하시죠. 서툰 제가 걱정되시어 외갓집에 머무시며 저를 돌보고 계시네요. 이 천하의 불효자를 말이죠.

어머니는 어떻게 해서든 저를 인도하고 계시는군요. 모자란 아들을 인도하시기가 힘드실 거에요. 하지만 최선을 다해 어머니를 따를 겁니다.

어머니, 날이 많이 추워요. 저희들은 따뜻하게 잘 있습니다. 어머니도 춥지 않게 계시죠? 항상 제 곁에 머무시며 함께해 주세요. 사랑해요, 어머니.

2013년 12월 28일 (오전 9시 38분)

불효 천 올림

[편지]

어머니 전상서

사랑하는 어머니, 불효 천입니다. 오늘도 편히 지내고 계신지요.

어머니 돌아가신 지 이제 500일이 지났군요. 500일이라고 하는, 마치 500년 같은 시간이 지나갔어요. 그리고 어머니일지가 나왔군요. 어머니가 주신 선물이죠? 제가 안되었다고, 더 그냥 두고 보아서는 안되겠다고, 저를 조금이라도 이 세상에 더 붙들어 두시려고, 보다 못해 보내 주신 처방이죠. 어머니, 천이 잘 하고 있죠? 그래요, 너무 걱정하지 마세요.

어머니, 우선 동생들부터 만나 보셔야죠. 어제 외삼촌 이모들께 어머니일지를 보내 드렸으니, 가서서 다 만나 보세요. 우리 누님 오셨네요, 우리 언니 오셨네요 하시며 반겨 주실 거에요.

엊그제 어머니일지를 보내 드리려고 외삼촌과 이모들에게 연락을 드렸어요. 진천 이모는 넘어지시어 뼈가 부러져 수술까지 하셨다네요. 말씀도 어눌하셨어요. 손녀라고 하며 전화를 받는데, 스물두 살이고, 이름이 태전이라고 하네요. 민형이 딸이겠지요. 작은외삼촌은 아직도 저 결혼 안 하느냐고 물어보시네요. 이제 모두 연세들이 높아지셨어요.

어머니일지가 시중 서점에 이미 나와 있어요. 이제 되돌릴 수도 없고, 사라지지도 않아요. 어머니와 우리 세 식구는 영원히 이 세상에 남을 거에요.

어머니일지를 마쳤다는 생각이 들면 저는 언제든지 어머니에게 가겠습니다. 그때는 어머니도 우리 천이 수고했다고 따뜻이 품어 주셔야 합니다.

어머니, 올 한 해도 오늘로 다 가는군요. 평생 처음 어머니 없이 보낸 한 해였어요. 그리고 꿈도 꿀 수 없었던 저서를 낸 해이죠. 그런 해는 다시 오지 않겠죠. 잘 가라고 말해 주고 싶어요. 어머니도 이 못난 아들 일으켜 세우시느라 고생하셨어요. 이제 곧 어머니 곁으로 가야죠. 아무리 성공하고 이 세상이 좋다 한들, 어머니 곁만 하겠습니까.

요즘 날이 꽤 추웠는데, 어제부터는 많이 풀렸어요. 엊그제 이번 겨울 들어 처음으로 한강이 얼었대요. 작년보다는 5일 늦었다고 하는 걸 보니, 작년만큼은 춥지 않은가 봐요.

어머니, 어머니, 어머니, 새해에도 평안하시고, 어머니 기운이 더 왕성해지셨으면 좋겠습니다. 새해에 어쩌면 어머니를 뵐 수 있겠어요. 사랑해요, 어머니.

2013년 12월 31일 (오전 9시 48분)

불효 천 올림

[편지]

어머니 전상서

사랑하는 어머니, 불효 천입니다. 새해 첫날이네요. 편히 지내고 계신지요.

어제 일 마치고 서점에 갔었어요. 서점에 나와 있는 어머니일지를 보았어요. 어머니가 도심 한복판 서점에 자리를 잡고 계셨어요. 이제 곳곳에 다니시며 세상 구경을 많이 하시게 될 거예요.

엊그제 부친 어머니일지를 조회해 보니 큰외삼촌과 진천 이모가 받으셨더군요. 모두 만나 보셨죠? 반가워하시죠? 아마 조금은 놀라워하시기도 하셨을 거예요. 거기에 어머니가 계시리라고는 상상도 못하셨을 테니까요. 오랜만에 만나셨으니, 동생들과 말씀 많이 나누세요.

어머니, 새해에도 평안하시고 원기 왕성하시어 저를 살펴 주세요. 저는 제 소임에 충실하다 때가 되면 어머니 곁으로 가겠습니다.

오늘은 공휴일이라 집에 있어요. 어머니도 오셔서 같이 계셔 주세요. 사랑해요, 어머니.

2014년 1월 1일 (오전 9시 34분)

불효 천 올림

2014. 1. 2

[오늘 아침의 꿈]

내가 물에 빠져 위험한 상황인데, 가장 큰 문제는 상어가 내 발을 물고 있다는 것. 상어가 어서 발을 놓아주면 좋겠다는 생각이 듦.

알람이 울리고 난 후 잠깐 사이 꿈을 꿈. 너무도 가슴 아픈 꿈.

[편지]

어머니 전상서

사랑하는 어머니, 불효 천입니다. 오늘도 편히 지내고 계신지요.

어머니, 오늘 아침에 꿈을 꾸었어요. 제가 물에 빠져 허우적거리는데, 상어가 제 발을 물고 있는 거에요. 너무도 당혹스럽고, 상어가 어서 발을 놓아주었으면 좋겠는데 계속 허우적대다 꿈에서 깨어났어요. 알람이 울리고 난 후 잠깐 사이에 그런 꿈을 꾸었네요. 제 운명을 암시하는 걸까요? 저는 괜찮아요. 이제 할 일을 다하고 어머니에게 간다면, 그건 제가 원하는 바입니다.

어머니, 오늘은 강남 쪽으로 갑니다. 이따 오셔서 점심 드시고 같이 나가세요. 사랑해요, 어머니.

2014년 1월 2일 (오전 9시 12분)

불효 천 올림

 2014. 1. 3

[편지]

어머니 전상서

사랑하는 어머니, 불효 천입니다. 오늘도 편히 지내고 계신지요.

어제 검색해 보니 월요일 보내 드린 어머니일지를 막내이모와 작은 외삼촌도 받으셨네요. 이제 동생들을 다 만나 보셨죠? 대구 이모는 따로 보내 드리진 않았으나 작은외삼촌 댁에 계시니 아마 같이 만나 셨을 거에요. 큰이모는 건강이 좋지 않으시어 요양원에 계시다네요.

어머니, 벌써 세상 구경 많이 하고 계시죠? 인터넷을 치면 어디에도 어머니가 나와요. 거기에 어머니가 은은히 미소를 띄고 계시죠.

그렇게 또 한 해를 건너왔어요. 이제 제가 쉰여덟, 해정이가 쉰여섯 이 되었네요. 어머니가 살아 계시면 여든넷이 되시는군요. 요즘 아흔은 보통인데, 어머니는 그리 일찍 떠나셨어요. 어차피 우리 세상이 아니니 그러셨겠죠. 저도 마지막 할 일만 마치고 어서 어머니에게 가렵니다.

어머니, 제 가슴 속에 흐르는 강을 아시죠? 요즘은 모진강이 너무 도 넘쳐나 제가 다 쓸려 가버릴 것만 같아요. 이 강물에 떠내려가다 보면 어머니를 만날 수 있을까요? 거기에 어머니가 계실까요? 그렇다 면 안심하고 맡겨 보려구요. 사랑해요, 어머니.

2014년 1월 3일 (오전 9시 16분)

불효 천 올림

2014. 1. 5

돌아가신 지 열일곱 달 / 1년 5개월

[편지]

어머니 전상서

사랑하는 어머니, 불효 천입니다. 편히 지내고 계신지요.

어머니, 오늘도 일어났습니다. 오늘 하루도 어떻게 보낼지를 생각하면 답답할 뿐이지만, 생각지 않기로 했어요. 그냥 시간에 몸을 싣기로 했어요. 그러다 보면 언젠가 어머니 곁에 가 있겠죠. 제게 영혼이 있다면 어머니에게 가겠죠. 까마귀 한 마리가 울어대네요. 저를 반겨주는 걸까요?

오늘이 어머니 돌아가신 지 1년 하고도 다섯 달 되는 날이군요. 다음 달이면 1년 반. 제가 그동안 정말 살아온 걸까요? 이것도 살아온 것이라고 할 수 있을까요? 그렇죠, 그 증거가 있군요. 바로 어머니일지가 있네요. 어머니 앞에 놓여진 어머니일지가 보이시죠? 이것이 제가 그동안 살아왔다는 유일한 증거군요. 그리고 나머지 생을 지탱해 줄 버팀목이구요.

어머니, 저는 어떻게 살아갈지 모르겠어요. 아니, 정해져는 있지요. 그러나 언제까지일지는 모르겠어요. 그런데 그도 잘 생각해 보면 알 수 있어요. 바로 어머니일지를 마쳤을 때이죠. 더 이상 어머니일지와 함께할 일이 없게 되었을 때, 제가 떠날 때이죠.

어제 확인해 보니 국내 대형서점에 어머니일지가 거의 등록이 되었어요. 각 서점에도 진열되어 있고, 인터넷에도 어디든 치기만 하면 어머니 사진과 함께 나와요. 어머니, 이제 세상 곳곳 구경 많이 하고 계시죠? 언제든, 어디든, 어머니가 가시지 못하는 곳은 없으니까요. 어머니일지 표지만 보면 저는 웃음이 절로 나와요. 사실 어머니 사진과 함께 이렇게 잘 나올 줄은 몰랐거든요. 이건 분명 제가 한 일이 아닙니다. 누군가, 아마도 어머니가 해 주신 거겠죠. 작은 여러 아쉬움은 그냥 묻혀버리고 말아요.

오늘이 일 년 중 가장 춥다는 소한이네요. 그런데 요즘 날이 그리 춥지는 않아요. 낮이면 기온이 영상으로 올라 오버도 입지 않고 다녀요. 어머니도 춥지 않게 계시죠?

어머니, 오늘은 일요일이라 집에 있습니다. 하지만 오늘도 어머니는 바쁘시겠죠? 어디든 가시어 구경 잘 하시구요, 그래도 식사 때는 오셔서 꼭 저희와 같이 드세요. 사랑해요, 어머니.

2014년 1월 5일 (오전 9시 18분)

불효 천 올림

어머니, 어머니가 보고 싶어 어떻게 살아요? 저는 못 살 것 같아요.

다른 건 갖지 마라. 어머니가 주시는 건 다 받는 거야, 내게 어울리진 않지만, 평화마저도.

[편지]

어머니 전상서

사랑하는 어머니, 불효 천입니다. 오늘도 편히 지내고 계신지요.

어머니, 어제부터 누전차단기가 자꾸 내려가며 전기가 나갔어요. 원인을 알아보는 데에도 꽤나 애를 먹었죠. 결국 보일러에 문제가 있었어요. 보일러가 물이 새 누전이 되고 있었던 것이죠. 오늘 기사가 나와 수리를 했어요.

어제는 다니면서 내내 너무 가슴이 아팠어요. 발걸음을 한 번 옮길 때마다 어머니에 대한 불효가 가슴을 후벼팠어요. 많이 걸어 다리도 조금 아팠지만, 그래도 일은 잘 하고 왔어요.

어머니, 저는 어머니를 사랑합니다. 어머니에게 불효는 했어도, 어머니를 사랑하지 않아서는 아니었어요. 오히려 그 반대지요. 어머니와 저는 사랑이 너무 넘친 게 문제였지요. 하지만 그 사랑을 후회하지도, 철회하고 싶은 마음도 없어요. 제 영혼마저 흔적조차 없어진다 해도, 어머니를 향한 제 마음은 변함없을 겁니다. 저 홀로 가는 천국보다, 어머니와 함께 가는 지옥을 택하겠어요. 사랑해요, 어머니.

2014년 1월 7일 (오후 2시 54분)

불효 천 올림

[편지]

어머니 전상서

사랑하는 어머니, 불효 천입니다. 오늘도 편히 지내고 계신지요.

어머니, 제가 이 세상에 책 한 권을 남겼네요. 어머니가 그렇게 해 주셨군요. 아무 쓸모도 없는 저를 그렇게 인도해 주셨어요. 돌아가셔서 말이죠… 살아서는 어려우셨나요? 돌아가시어 제 가슴을, 제 영혼을 이렇게 짜내어 이 한 권을 남겨 주셨군요, 어머니.

어머니, 평생 고생은 하셨어도, 행복하지는 못하셨어도, 제가 불효는 했어도, 외로우시지는 않으셨죠? 제가 외롭게 해 드리지는 않았죠? 그래요, 어머니. 외로우실 틈이 없으셨겠죠, 고생하시느라고, 제 불효 받아 주시느라고. 결국 이 불효자는 외롭지 않게 해 드린 것밖에 없군요. 어머니, 저를 어떻게 하실 거에요. 이 불효자를 아들로 그냥 두실 거에요? 차라리 저를 종으로 두어 주세요, 어머니.

오늘 아침에는 영하 9도라는데 세탁기가 잘 돌아가네요. 그렇죠, 영하 10도 이하로만 내려가지 않으면 세탁기는 돌아가지요. 그래도 한 번 시험해 보았어요. 아까 어머니도 보셨죠? 오늘은 날이 좀 춥지만 모시고 나갈게요. 제 가슴에 품어 모실게요. 오셔서 점심 드시고 같이 다녀오세요. 사랑해요, 어머니.

2014년 1월 9일 (오전 10시 35분)

불효 천 올림

오늘도 그냥 시간에 몸을 실으면 돼. 그럼 목적지까지 데려다 줄 거야. 거기가 어디인지는 모르지만, 내가 가야 할 곳이겠지.

[편지]

어머니 전상서

사랑하는 어머니, 불효 천입니다. 오늘도 편히 지내고 계신지요.

어머니, 제가 이젠 지쳤나 봅니다. 아마 조금 더 갔으면 어머니일지를 못 냈을지도 모르죠. 어머니도 지금까지 다 보셨죠? 물론 생각 밖으로 잘 된 일도 있지만, 잘 되건 못 되건, 제 생각과는 너무도 동떨어져 있어요. 제 생각도 저의 것이 아니라는 생각이 들어요. 자고 나면 조화가 이어지고, 저는 그 조화에 지쳐 가고, 지금도 조화는 끊임없이 이어지고 있어요. 이건 제 인생이 아니죠. 저는 그 조화의 끝을 보고 싶지 않습니다.

어머니, 더는 이 이상한 인생에 몸을 맡기고 싶지 않아요. 어머니와 함께하는 영원한 삶을 택하고 싶어요. 사랑해요, 어머니.

2014년 1월 10일 (오전 9시 30분)

영원한 어머니의 아들 천 올림

2014. 1. 11

엄마, 일어나셔요. 언제까지 엄마를 이렇게 일으켜 드릴지 모르겠
네요.

[시]

모진강

모진강은 흘러 흘러
어디로 갈까

내 가슴을 쓸어안고
어디로 가는 걸까

내가 온통 쓸려 가는 건
좋은 일이나

나를 어머니에게는
데려다 주어야 해

59

[편지]

어머니 전상서

사랑하는 어머니, 불효 천입니다. 오늘도 편히 지내고 계신지요.

어머니, 어제는 어머니가 너무 보고 싶어 실성해버릴 것만 같았어요. 이제는 어머니에게 가지 않고서는 견딜 수 없을 것 같습니다. 좀처럼 속이 내려가질 않네요.

어머니 품에서 잠들고 싶어요. 그러다 깨어나면, 어머니가 저를 바라보고 웃고 계시다면… 저에게는 이루어질 수 없는 일인가요? 아니죠, 어머니? 어머니는 분명히 계시죠? 제가 가서 다시 만날 수 있는 거죠?

그래도 일단 정신은 차려야죠. 오늘 할 일은 해야 할 테니까요. 사랑해요, 어머니.

2014년 1월 11일 (오전 10시 01분)

불효 천 올림

 2014. 1. 12

[편지]

어머니 전상서

사랑하는 어머니, 불효 천입니다. 오늘도 편히 지내고 계신지요.

어머니, 만일 어머니가 돌아가시어 그냥 사라지신 것이라면, 저도 사라지겠죠. 어머니가 가신 대로 똑같이 가는 거죠. 어머니가 계시면 어머니를 만나겠지요. 저는 늘 어머니 곁에 있었으니까요.

어머니는 항상 저를 보고 계시죠? 제 낮은 읊조림까지 다 듣고 계시죠? 저도 어머니를 보고 싶어요. 어머니 음성을 듣고 싶어요. 저도 볼 수 있게, 들을 수 있게 해 주세요. 어머니 손도 잡고 싶고, 어머니 품에 안기고도 싶어요. 엄마 찌찌도 먹고 싶어요, 엄마…

하지만 그리 해 주시기 어려운가 봐요. 그렇죠, 어머니와 저는 다른 세상에 있으니까요. 더는 졸라대지 않겠어요. 우리가 같은 세상에 있으면 아무 문제가 없는 거지요.

어머니, 이것이 저에게 주어진 최선의 인생이었어요. 제 인생이 도달할 수 있는 최고점에 온 것이죠. 어머니가 그렇게 해 주셨어요. 사랑해요, 어머니.

2014년 1월 12일 (오전 9시 30분)

불효 천 올림

어머니는 내가 국민학교 4학년 때 운동회 연습으로 덤블링을 하는데 힘들어하자 학교로 담임을 찾아가시어 나를 덤블링에서 빼달라고 하셨어. 어머니는 그러신 분이야. 내가 힘들어하는 건 못 보시는 분이야. 나를 위해서라면 뭐든지 하시는 분이야. 그 어머니에게 내가 보여 드린 건 평생 힘들어하는 모습뿐이었어. 불효만 맡아놓고 행한 것이지.

2014. 1. 13

[편지]

어머니 전상서

사랑하는 어머니, 불효 천입니다. 오늘도 편히 지내고 계신지요.

다 먹었어요, 어머니. 아침을 다 먹었어요. 아침을 다 먹은 게 꿈만 같아요. 어머니가 가시고 나니 이리도 지리멸렬이네요. 그래도 제 곁에 계셨어야죠. 아무리 천이가 불효를 해도, 미우셔도, 제 곁에 계셨어야죠.

시간이 저를 답이 있는 곳으로 데려다 주겠죠. 지금은 그걸 기대하는 수밖에 없네요. 제가 무얼 할 수 있겠어요. 죄송해요, 어머니, 못난 모습만 보여 드려서. 저는 이것밖에는 안 되는 영혼인가 봅니다. 하지만, 어머니는 사랑해요. 저에게 고통을 주셔도, 즐거움을 주셔도, 제가 사랑할 영혼은 어머니뿐입니다. 사랑해요, 어머니.

2014년 1월 13일 (오전 9시 23분)

불효 천 올림

2014. 1. 14

[편지]

어머니 전상서

사랑하는 어머니, 불효 천입니다. 오늘도 편히 지내고 계신지요.

어머니, 어제 국립중앙도서관에 어머니일지가 등록되었어요. 축하 드려요, 어머니. 자리 잘 잡으세요. 영원히 남으실 거에요.

어제 언론사 열 곳에 어머니일지를 보내 드렸어요. 오늘쯤 도착될 거에요. 가셔서 기자들 잘 만나 보시고, 구경 잘 하세요. 사랑해요, 어머니.

2014년 1월 14일 (오전 8시 53분)

불효 천 올림

2014. 1. 15

[편지]

어머니 전상서

사랑하는 어머니, 불효 천입니다. 오늘도 편히 지내고 계신지요.

어머니, 1월도 중순에 와 있군요. 요사이 어머니와의 대화에 나가지 못하고 있어요. 제 심정을 이해해 주세요. 편지는 매일 드리고 있죠.

저도 안 나오는데 와 계시지 말고 편히 계시다 제가 부르면 오세요.
물론 이렇게 말씀드려도 소용은 없겠지만요.

어머니, 저는 가서 어머니 종이 되겠어요. 어머니 아들은 제게 너무
과분한가 봐요. 가서 다시 불효를 하면 어떡하죠? 전 자신이 없어요.
차라리 어머니 종으로 곁에 있겠습니다. 어머니와 너무 오래 떨어져
있을 수도 없지요. 벌써 500일이 지났어요.

오늘은 날이 조금 풀렸어요. 오랜만에 저 일하는 데 같이 다녀오세
요. 점심 드시고 같이 나가세요. 사랑해요, 어머니.

2014년 1월 15일 (오전 9시 21분)

불효 천 올림

 2014. 1. 16

아침에 일어나 보니 어젯밤 어머니 덮어 드린 이불 오른쪽이 위로
꽤 많이 올라가 있음. 이불이 움직인 건 그동안 몇 번 있었던 일. 어
머니가 어디 불편하신가…

[편지]

어머니 전상서

사랑하는 어머니, 불효 천입니다. 오늘도 편히 지내고 계신지요.

어머니, 아침에 보니 어젯밤 어머니 덮어 드린 이불 한 쪽이 위로 올라가 있더군요. 어머니가 그러신 게에요? 어디 불편하신 거에요? 저 때문에 걱정이 되시는 거에요? 너무 염려 마세요. 저는 잘 할 거에요.

사실은 어제 저녁부터 머리가 좋지 않아요. 이것저것 생각이 뒤엉킬 때면 감당하기 어렵습니다. 오늘 아침에도 몹시 힘들었어요. 어머니 안 계신 세상에서 제게 평화란 없나 봅니다.

어머니일지가 나온 지도 3주가 지났네요. 그동안 이모들 외삼촌들 다 만나 보셨죠? 기자들도 만나시구요. 각 서점에도 나가시어 구경 많이 하시구요.

어제는 오랜만에 같이 일하고 오셨죠? 오래 걸리지 않았으니 힘들진 않으셨죠? 해정이가 엄마 생각하는 마음이 대단하네요. 일하러 나가는데 엄마 추우시다고 마후라로 한 번 더 감싸드리라 해서 그리 했어요. 안 추우셨죠?

어머니, 오늘은 일이 없으니 집에 있으렵니다. 오셔서 같이 계셔 주세요. 사랑해요, 어머니.

2014년 1월 16일 (오전 9시 22분)

불효 천 올림

나도 이제 성묘를 할 수 있게 되었다. 국립중앙도서관에 어머니를 모셨으니, 명절이나 생신 기일에 어머니를 찾아뵐 수 있는 것이다.

65

알 수 없는 꿈들이 계속되고 있어. 누군가 엄마를 대신해 주겠다고… 어지러운 꿈에 일일이 대응하기도 싫어. 엄마가 너무 보고 싶어, 견딜 수 없어.

아침에 창문을 여니 달이 꽤 동그랗다. 그런데 붉은 달이다. 어머니께 보여 드리지 않았다. 달력을 보니 보름이 이틀 지났다. 양력과 음력이 꼭 한 달 간격으로 같이 가는구나.

[편지]

어머니 전상서

사랑하는 어머니, 불효 천입니다. 오늘도 편히 지내고 계신지요.

어머니, 어제는 하루 종일 잠만 잤어요. 잠을 자는 동안에도 내내 힘들었어요. 한시도 어머니 생각이 떠나지 않았어요.

어머니, 저도 성묘를 할 수 있게 되었네요. 이제 곧 설이니, 찾아뵐게요. 편히 계세요. 사랑해요, 어머니.

2014년 1월 17일 (오전 9시 51분)

불효 천 올림

 2014. 1. 18

아침에 일어나 창문을 여니 달이 동그랗다. 어제처럼 붉지 않고 맑은 달이다. 어머니께 보여 드렸다.

일어났어, 오늘도. 이대로 가다간 실성해버릴 것 같아. 모든 것이 정상으로 보이지 않는다.

[편지]

어머니 전상서

사랑하는 어머니, 불효 천입니다. 오늘도 편히 지내고 계신지요.

어머니, 그래서 가신 거에요? 제가 감당할 수 없을 줄 알고 미리 떠나신 거에요? 그렇게 제가 못미더우셨어요? 제가 감당 못하면 다 같이 가면 되죠. 그렇게 혼자 가시면 저는 남아 있겠어요? 어떻게요? 어머니 없는 세상에 제가 어떻게 존재하겠어요. 본체가 사라진 그림자가 존재할 수 있겠어요? 반백 년 이상을 곁에 두시고도 저를 너무 모르셨던 것 아니에요? 천이의 찢어지는 가슴은 어떻게 감당해야 되지요?

어제는 집에 있으며 이것저것 일을 많이 했어요. 일을 하지 않으면 잠을 잘 수밖에 없어 찾아서 했어요. 아직 꽤 있었지만 메모지도 만들어놓고, 청크린도 넣었어요. 장롱문 나사도 빠져나와 드라이버로 잘 돌려 넣었어요. TV도 조금 보고, 그렇게 하다 보니 고맙게도 오후가 갔네요.

　어머니, 저는 모르겠어요, 어떻게 시간을 보내야 할지, 끝없이 무너지는 이 가슴은 어떻게 추스려야 할지, 보고 싶은 어머니는 어찌 해야 좋을지… 사랑해요, 어머니.

　2014년 1월 18일 (오전 9시 31분)

　불효 천 올림

 2014. 1. 19

[편지]

어머니 전상서

보고 싶은 어머니, 불효 천입니다. 오늘도 편히 지내고 계신지요.

　어머니, 요즘은 꿈에도 안 오시네요. 어머니를 꿈에서 뵌 것이 언제인지 생각도 안 나는군요. 그렇게 바쁘신가요? 천이에게 한 번 오실 수도 없을 만큼 바쁘신 거에요? 안구건조증으로 말라버린 눈에서도, 그래도 가끔은 눈물이 나오는군요. 어머니를 생각할 때면 인공눈물과 자연눈물이 뒤섞여 범벅이 되어 흐르고 있어요. 이 상황을 저는 더 감당하기 어렵습니다.

　어제는 모처럼 바쁘게 보냈어요. PC방에 가 자료 검색도 하고, 사무실에도 다녀왔어요. 그렇게 하루가 가건, 저렇게 하루가 가건, 밤이면 남는 것은 공허뿐이군요. 무엇으로도 채워지지 않는 어머니의 빈자리, 결국 저는 극복할 수 없습니다.

어머니, 국립중앙도서관에서는 편안하세요? 자리는 마음에 드세요? 친구분들은 많이 사귀셨어요? 친구분들에게 제 얘기도 하시나요? 아주 못된, 불효막심한 자식이 하나 있다고…

오늘도 또 어떻게 가겠죠. 사랑해요, 어머니.

2014년 1월 19일 (오전 9시 13분)

불효 천 올림

2014. 1. 20

[지난밤의 꿈]

어머니와 무슨 일로 문제가 있어 집에 안 들어가고 있으니 어머니가 나를 찾아오심. 화가 많이 나신 모습. 어머니가 길에 놓여 있는 안전모 속에 무엇이 들어 있느냐고 물어보시는 데에도 내가 퉁명스럽게 대답함. 나는 일이 많아 집에 못 들어간다고 함.

어머니가 한 달 열흘 만에 꿈에 오심. 평소보다 훨씬 이른 시간에 오심. 어제 편지에서 꿈에도 안 오신다고 하였는데, 꿈에서도 여전히 어머니 마음을 아프게 해 드리고 있었어. 요즘 내가 못마땅하신 건

가. 대화에도 계속 안 나가니 화가 나신 건가. 생전에 한 번도 내게 화난 모습을 보이지 않으신 어머니신데. 꿈에서도 나는 정신 못 차리는 불효자였어.

[편지]

어머니 전상서

사랑하는 어머니, 불효 천입니다. 오늘도 편히 지내고 계신지요.

어머니, 어제 편지에서 꿈에도 안 오신다고 말씀드렸는데, 지난밤에 오셨네요. 그런데 화가 많이 나셨더군요. 어머니가 그렇게 화나신 모습은 처음 봅니다. 생전에 화난 모습 한 번 안 보여 주셨는데, 무엇이 그리 어머니를 노엽게 했나요. 제가 또 속을 썩여 드렸나요?

어머니, 지금까지 낭비한 시간은 없어요. 어머니일지가 이제 나왔으니, 그것만은 분명하죠. 하지만 이제부터는 낭비된 세월이 될 수 있어요. 이 세상에서의 역할이 모두 끝났음에도 어머니에게 가지 않고 있으면 말이에요.

매일 잠자리에 드는 것도 부담스러워요. 언제까지나 할 수 있는 일은 아니지요. 자고 있어도, 깨어 있어도, 모든 것이 부담스러워요. 이젠 삶 자체가 부담스러워졌어요.

제가 천하의 불효자이긴 하지만, 어머니는 제 마음을 아실 겁니다. 저는 그렇게 믿어요. 사랑해요, 어머니.

2014년 1월 20일 (오전 9시 57분)

불효 천 올림

2014. 1. 21

[편지]

어머니 전상서

사랑하는 어머니, 불효 천입니다. 오늘도 편히 지내고 계신지요.

어머니, 어제는 아침부터 많이 힘들었어요. 이제는 모든 것이 너무 힘들어요. 일상적인 일에도 지쳐가네요. 그리고 눈이 많이 와 일하는 데 더 힘들었어요. 눈길에 미끄러져 넘어지기도 했어요. 큰 이상은 없어 파스만 하나 붙였지만, 넘어질 때 기분이 묘했어요. 순간 어쩔 수 없이 넘어가는구나 하는 생각이 들었어요. 그렇지만 저는 어쩔 수 없이 가지는 않겠습니다.

어제 진천과 청주의 도서관 몇 군데에 어머니일지를 보내 드렸어요. 오늘쯤 도착이 될 거에요. 진천은 두 도서관이 상산학교 앞에 있군요.

운명에 왜라는 게 어디 있겠어요. 사랑해요, 어머니.

2014년 1월 21일 (오전 9시 13분)

불효 천 올림

[지난밤의 꿈]

어머니를 지척에 보고도 다가가지 못해 안타까워 함. 어머니가 어떤 여자와 함께 떠나시려 하자 내가 "아이구, 엄마!"하며 울부짖음.

이틀 만에 다시 어머니 꿈을 꿈. 지난번에 이어 이른 시간에 오심. 몹시도 가슴 아픈 꿈의 연속.

[편지]

어머니 전상서

사랑하는 어머니, 불효 천입니다. 오늘도 편히 지내고 계신지요.

어머니, 어제는 집에 있었어요. 길도 미끄러워 나가지 않았어요. 집에 있다 보니 어머니 생각이 더 간절했어요. 저의 불효가 하늘에 가닿는 느낌이었어요. 그래요, 저는 어머니에게 가는 게 맞아요. 평생 행한 불효를 어떻게 이 세상에서 감당할 수 있겠어요.

하지만 아무리 생각해 보아도 저의 불효는 제 뜻이 아닌 듯합니다. 무언가 다른 뜻이 작용하지 않고서는 그럴 리 없지요. 그것은 제 인생의 연출일 수도 있고, 우리 운명일 수도 있겠죠. 어떠하든 이제 되돌릴 수 없는 일, 숙명대로 가는 수밖에 없지요. 이 세상과의 인연을 더 붙잡지 않으렵니다. 인연이 더 남아 있다면 모든 것이 그렇게 전개 되지는 않았을 겁니다.

어머니, 진천에 잘 도착하셨지요? 바위 지구 진천에 잘 가셨지요? 이제 가시 오이 당선만 남았나요? 어제 조회를 해 보니 엊그제 보내 드린 어머니일지가 진천과 청주의 도서관에 모두 도착이 되었네요. 살아생전 제가 한 번 모시고 가지 못했으니, 돌아가시어 가셨군요. 모두 상산학교 앞이니 잘 둘러보세요. 아침에 보니 어머니 되박이 조금 움직여져 있었어요. 진천에 가시어 좋으신가 봐요. 다시 잘 놓아드렸 어요.

어머니, 제가 어머니를 잘 모셨으면, 무엇이든 풍족하게 해 드렸으 면, 마음 편하시게 해 드렸으면, 남부럽지 않게 해 드렸으면, 이 세상 에서 효도를 다했으면, 어머니를 따라가지 않아도 될까요? 저는 같을 거라 봅니다. 어떠하든 제 어머니시니까요. 어머니 없이는 존재할 수 없는 영혼도 있는 법이죠. 나이 환갑이 다 되어도 엄마 없이는 살 수 없는 아기도 있는 법이죠.

이틀 만에 다시 어머니 꿈을 꾸었어요. 어머니에게 가지 못해 안타 까워하고 있었어요. 그런데, 화가 나시어 어디로 떠나시려는 건 아니 죠? 제가 잘못했어요, 어머니. 용서해 주세요.

2014년 1월 22일 (오전 10시 00분)

불효 천 올림

 2014. 1. 24

[지난밤의 꿈]

내가 어떤 여자와 키스를 함.

꿈이란 때론 너무 황당하다. 꿈에서도 생각지 않는 꿈이 꾸어지니 말이다. 왜 이런 꿈이 꾸어지는지 알 수 없어, 내가 원하지도 않고, 생각조차 없고, 근거도 없는 꿈. 나와 키스한 그 여자는 누구일까. 정말 영혼도 없는 허망한 꿈속의 영상일 뿐일까.

[편지]

어머니 전상서

사랑하는 어머니, 불효 천입니다. 오늘도 편히 지내고 계신지요.

어머니, 어제 어머니 첫 성묘를 다녀왔어요. 좋은 곳에 계신 것 같았어요. 외지고 음산한 묘지도 아닌, 좁고 답답한 납골당도 아닌, 항상 따뜻하고 시원하고 많은 친구분들이 있는 곳에 어머니를 모실 수 있어 다행입니다. 준비해 간 카스테라도 올려 드렸는데, 맛있게 드셨어요?

어제는 알람이 울리고도 30분이나 지나 일어났어요. 이젠 모든 것이 너무 힘에 겨워 일상적인 일도 점점 어려워져요. 그동안 차고 다니던 어머니 시계가 고장 나 며칠 전부터 해정이 시계를 차고 있어요.

어머니 시계는 고장 난 제 시계 옆에 잘 모셔 두었어요. 엊그제 은행에 가 공과금을 모두 냈어요. 어제 어머니일지 전자책도 나왔어요. 표지에 어머니 사진 잘 들어가 있어요. 이제 정말 세상 어디든 못 가시는 곳이 없네요. 사랑해요, 어머니.

2014년 1월 24일 (오전 10시 16분)

불효 천 올림

 2014. 1. 25

[지난밤의 꿈]

어머니 꿈을 꾸었으나, 내용은 생각나지 않음.

[편지]

어머니 전상서

사랑하는 어머니, 불효 천입니다. 오늘도 편히 지내고 계신지요.

어머니, 지난밤에도 어머니 꿈을 꾼 듯한데, 생각이 잘 안 나는군요. 이제 자주 오시네요. 벌써 이번 주 들어 세 번째 오셨어요. 제가 걱정되시는 거에요? 누구나 일 마치면 퇴근하듯, 저도 일을 모두 마쳤으니 어머니 계신 곳으로 퇴근해야죠.

어머니, 편안하시죠? 은은한 문학의 향기 속에서 지내실 만하시죠?

그리고 이제 세상 어디든 다 가보시죠? 그래요, 그 하나만은 들어주었어요. 어머니가 남겨 주신 어머니일지 유산, 몇백억 재산보다 소중해요. 고마워요, 어머니. 사랑해요.

2014년 1월 25일 (오전 10시 02분)

불효 천 올림

2014. 1. 28

또 여자와 키스하는 꿈. 이런 꿈이 안 꾸어졌으면 좋겠어, 이런 뜬금없는 꿈이.

2014. 1. 30

[편지]

어머니 전상서

사랑하는 어머니, 불효 천입니다. 오늘도 편히 지내고 계신지요.

어머니, 시장 떡집 앞을 지나올 때면 어머니 생각이 납니다. 인절미를 사고 싶어요. 하지만 인절미를 사오면, 누가 먹나요? 어머니가 인절미를 잘 드셨는데, 이젠 사와도 소용없지요. 그래도 떡집 앞을 지날 때면 쑥인절미가 있는지 쳐다보게 되네요.

어제 시장을 지나오는데 설이 가까워 사람들이 무척 많더군요. 너무 많아 제대로 걷기가 어려웠어요. 하지만 저는 이젠 명절도 잊었어요. 더 눈물만 나는 명절, 잊을래요. 이번 설은 처음으로 우리 집에 아무 것도 없는 명절이 되겠죠. 곧 가서 뵐 것이니, 너무 서운해하지 마세요. 떡집에 쑥인절미는 있더군요.

어머니, 저는 즐거운 사람들이 이해가 안 돼요. 저에게서 모든 즐거움이 사라진 거지요. 어머니가 안 계셔도 제가 즐거울 수 있을까요? 어머니가 저의 즐거움 자체이셨는데, 제가 어디에서 즐거움을 찾을 수 있겠어요.

어제는 머리가 너무 아파 양치도 하는 둥 마는 둥 쫓기듯 잠자리에 들었어요. 어머니 잠자리도 새벽 1시에나 겨우 일어나 보아 드렸네요. 처음이네요. 그렇지 않아도 머리가 좋지 않아 일을 나갈 때 타이레놀 한 알 먹었는데, 일도 그리 힘들지 않았는데, 집에 와 저녁도 그런대로 먹었는데, 시간이 지날수록 두통이 심해졌어요. 두통이 너무 심해 이대로 어머니에게 갈지도 모른다는 생각이 들었어요. 두려움은 없었어요.

아침에 일어나니 여전히 이 세상이더군요. 저는 어머니 곁에 가 있을 줄 알았어요.

어머니, 친구분들은 많이 사귀셨어요? 어머니는 친화력이 좋으신 분이니, 그러실 거에요. 친구분들과 잘 지내고 계세요. 제가 곧 찾아

뵐게요. 사랑해요, 어머니.

2014년 1월 30일 (오전 9시 29분)

불효 천 올림

 2014. 1. 31

설

[편지]

어머니 전상서

사랑하는 어머니, 불효 천입니다. 편히 지내고 계신지요.

어제는 섣달 그믐 밤이더군요. 잠자리에 들었지만 좀처럼 잠이 들
지 않았어요. 이리저리 뒤척이며 수없이 어머니를 부르다, 겨우 잠이
들었어요. 그리고 내내 산란한 꿈이 이어졌어요. 일부 기억나기도 하
고 기억나지 않기도 하고, 이런 꿈도 이젠 싫어요. 이 세상의 모든 것
들이 싫어졌어요.

오늘이 설이군요. 어머니 떠나시고 두 번째 맞는 설이네요. 아무 것
도 준비하지 못했어요. 죄송해요, 어머니. 며칠 후에 찾아 뵐게요. 세
배도 그때 드릴게요.

어머니, 저를 어떻게 하실 거에요. 설에 차례도 올리지 않는 이 불

효자를, 세배도 드리지 않는 불효자를 이대로 그냥 두실 거에요? 어서 불러 올리시어 벌을 주서야죠. 밤마다 꿈에 오시어 혼을 내서야죠. 잠을 못 자게 하셔야죠. 어찌 편히 잠을 자게 하시는 거에요.

어머니, 다른 건 없게 해 주세요. 좋은 것, 싫은 것, 원하는 것, 원치 않는 것, 모두 없게 해 주세요. 어머니 곁으로만 가게 해 주세요. 사랑해요, 어머니.

2014년 1월 31일 설 (오전 9시 39분)

불효 천 올림

어머니, 길고 길었던 하루가 갔네요. TV도 보고 잠을 자 보아도, 갈 것 같지 않던 하루가 그래도 갔어요. 이제 지나간 거죠. 피해 달아나고 싶던 설이 마침내 멀어지고 있는 거죠. 다시 돌아올 설은 없을 테니까요.

어서 자자. 세배도 안 드렸으니, 어머니가 꿈에 오시어 나를 혼내실 거야. 어쩌면 잠을 안 재우실지도 모르지.

 2014. 2. 1

[편지]

어머니 전상서

사랑하는 어머니, 불효 천입니다. 오늘도 편히 지내고 계신지요.

어머니, 어제 방에 날벌레 하나가 돌아다니고 있었어요. 거울과 쿠션을 좋아하는지 번갈아 앉았다 날아가곤 했어요. 어찌나 재빠른지 조금 접근했다 하면 금새 알아채고 날아가기를 반복했어요. 사실은 날아가기를 바랬어요. 쫓아버리고 싶었지 잡을 마음은 그리 많지 않았거든요. 아주 멀리 날아갔으면 괜찮았겠죠. 그런데 결국 저에게 잡히고 말았어요. 다시 소파 쿠션에 날아와 앉아 있는데, 웬일인지 이번에는 제가 다가가도 날아가질 않았어요. 순순히 운명을 받아들인 거지요.

설이 지난 아침은 한결 편안하게 느껴지는군요. 부담이 줄어들어서인가요? 입맛도 조금 도는 것 같아요. 하지만 이내 눈물이 쏟아져 식사를 마치기 힘들었어요. 눈물에 콧물에, 밥을 어떻게 먹었는지 몰라요. 오늘 아침도 식사 시간이 만만치 않게 길어졌군요. 어머니 드시고 남기신 진지까지 제가 다 먹으려니, 이젠 식사도 중노동에 가깝습니다.

어머니, 설이 지나갔어요. 우리 생애 가장 쓸쓸했던, 어머니에게 처음으로 세배도 못 드린 설이 말이에요. 다시 맞고 싶지 않은, 다시 맞지 않을 설이 영원히 멀어져 갔어요. 잘 가라고, 그동안 고마웠다고, 그리고 미안했다고 말해 주고 싶어요. 마지막 찾아온 설인데 그렇게 대접도 없이 보내서… 하지만 제겐 무엇보다 어머니가 소중한 걸 어찌하겠어요. 어머니에게 가야죠. 이 세상의 모든 걸 다 버려도, 다른 모든 인연을 접는다 해도, 저는 어머니에게 가야 하는 걸요. 아마도 저를 이해할 거에요. 그리고 잘 가라고 해 줄 거에요. 반겨줄 사람은 저 말고도 많이 있을 테니까요.

배우는 언젠가 퇴장하게 되어 있어요. 역할이 끝난 무대에서 내려가기를 주저한다면, 자신과 연극을 망치는 일이 되겠지요.

어머니, 그동안 꿈에 오시어 제 손을 한 번 잡아 주시기를 소원하였는데, 단 한 번도 그리 해 주시지 않으셨어요. 어려우셨어요? 아니면 다른 연유가 있으셨나요? 어쨌든 어머니가 어려우신 거죠. 제가 갈게요. 제가 가서 어머니 품에 안기겠습니다. 이제 저도 할 일을 거의 마쳤어요. 조금만 기다리세요. 사랑해요, 어머니.

2014년 2월 1일 (오전 9시 43분)

불효 천 올림

2014. 2. 4

[오늘 새벽의 꿈]

내가 어머니를 부축해 드림. 어머니가 눈이 잘 안 보이시는지, 얼굴이 좀 달라 보이심. 잘 기억나지는 않으나, 분명히 어머니와 대화함.

열흘 만에 다시 어머니 꿈을 꿈. 오랜만에 평소 시간대에 오심. 하지만 너무 순간이고 기억이 급속히 사라져버림. 내용을 알기 어려움.

 2014. 2. 5

돌아가신 지 열여덟 달 / 1년 6개월 / 1년 반

[지난밤의 꿈]
비가 와서 휩쓸려 내려간 계곡을 걸어 올라감. 마치 모진강이 할퀴고 지나간 내 가슴처럼 폐허만 남은 모습.

[편지]
어머니 전상서
사랑하는 어머니, 불효 천입니다. 오늘도 편히 지내고 계신지요.
어머니, 오늘이 어머니 돌아가신 지 꼭 1년 하고도 6개월 되는 날이네요. 벌써 1년 반이라는 세월이 지나갔어요. 1년 반이라는 것은 나름대로 의미가 있죠. 제가 독일로 떠나 1년 6개월 18일 만에 돌아왔으니, 이제 제가 다시 어머니 품으로 돌아갈 날도 18일 남았다는 뜻인가요? 어머니 떠나신 이후 너무도 힘들었어요. 사랑해요, 어머니.
2014년 2월 5일 (오전 9시 38분)
불효 천 올림

2014. 2. 6

[편지]

어머니 전상서

사랑하는 어머니, 불효 천입니다. 오늘도 편히 지내고 계신지요.

어머니, 오늘 아침은 비교적 수월하게 먹었어요. 굳이 시간의 힘을 빌리지 않고도 무난히 식사를 마친 듯합니다. 어머니를 만나러 가는 날이어서인지 마음이 조금 안정되는 것 같아요. 하지만 이것도 믿지는 못해요. 언제 돌변할지 알 수 없지요. 그래도 걱정은 안 해요. 불안하면 불안한 대로 지내면 되거든요. 다 방법이 있어요. 어차피 어머니 안 계신 세상에서 제게 평화란 없어요. 간혹 얼굴을 내미는 평화는 잠시 지나가는 것일 뿐이죠. 저도 뒤늦게 적응을 하나 봐요.

오후에 어머니를 찾아뵙겠어요. 설에 못 올린 세배도 드려야지요. 사랑해요, 어머니.

2014년 2월 6일 (오전 9시 42분)

불효 천 올림

엄마, 천이가 왔어요. 보고 계시죠? 사람들이 많은 곳이니 적적하지는 않으시겠어요. 집에만 계실 때보다 나으세요? 설에 못 올린 세배 올릴게요. 카스테라도 드세요…

엄마와 한 시간을 함께 있었네요. 이제 갈게요. 편히 계세요. 우린

83

곧 다시 만날 거에요.

　어머니, 찹쌀떡 장수가 외치며 지나가네요. 40년 전이나 지금이나 여전히 겨울이면 찹쌀떡 장수가 있군요. 세월이 흘러도 변함없는 것은 찹쌀떡 장수의 청아한 목소리군요. 찹쌀떡 장수는 늙지도 않나 보죠?

2014. 2. 7

[편지]

어머니 전상서

사랑하는 어머니, 불효 천입니다. 오늘도 편히 지내고 계신지요.

　어머니, 어제 어머니에게 갔었어요. 설에 못한 세배도 드리고, 준비해간 카스테라도 올려 드렸어요. 차례상치고는 너무 초라하죠?

　어머니 떠나신 이후 여러 이상한 현상들이 나타나고 있지요. 해마다 겨울이면 입술이 트고 손등이 갈라져 매일 저녁 립크린과 니베아크림을 바르곤 했는데, 어머니 떠나신 후에는 그런 일도 없군요. 집안에 습기가 많지 않은 것이나, 비가 와도 벽에 물이 새지 않는 것이나 모두 나아진 것들이라고 볼 수 있지만, 저는 그저 가슴만 더 아플 뿐입니다.

　오늘도 아침을 먹는데 무척 힘들었어요. 밥알이 입안에서 굴러다

니고 있었어요. 또 시간의 힘을 빌릴 수밖에 없었어요. 그래도 다
먹었습니다. 사랑해요, 어머니.

2014년 2월 7일 (오전 9시 24분)

불효 천 올림

 2014. 2. 8

[편지]

어머니 전상서

사랑하는 어머니, 불효 천입니다. 오늘도 편히 지내고 계신지요.

어머니, 우린 서로에게 존재의 의미였지요. 서로를 떠나서는 존재할
수 없지요. 저세상이라고는 하지만, 저 없이 어떻게 지내시나요. 저는
어머니 없이 견디는데 한계에 온 듯합니다. 어머니 떠나신 이후 그동
안 어머니일지를 세상에 냈으니 지금까지 낭비된 세월은 없지요. 하
지만 여기서 더 머뭇거리면, 이제부터는 낭비된 세월이 되는 겁니다.

어머니, 작은외삼촌이 입원했다는군요. 오늘 아침에 전화 온 것 알
고 계시죠? 폐암 4기로, 지난 1월 29일 보훈병원에 입원했다네요. 그
날은 설 연휴 전으로, 제가 일하고 와 이상하게 머리가 몹시 아파 이
대로 어머니에게 갈지도 모른다는 생각을 하며 일찍 잠자리에 든 날
이죠. 폐암 4기라면, 희망이 거의 없어 보이죠. 외가의 7남매 중 어머

니가 제일 먼저 떠나시고, 이번에는 막내군요. 순서는 정말 따로 없나 봐요.

오늘도 아침을 다 먹었어요. 사랑해요, 어머니.

2014년 2월 8일 (오전 10시 13분)

불효 천 올림

2014. 2. 9

[편지]

어머니 전상서

사랑하는 어머니, 불효 천입니다. 오늘도 편히 지내고 계신지요.

어머니, 어제 작은외삼촌이 입원해 있는 보훈병원에 다녀왔어요. 입원실에 들어가서도 얼굴을 알아보지 못하고 지나쳤는데, 외삼촌이 저를 보고 부르시더군요. 1년 반 전 어머니 돌아가셨을 때 만났던 모습과는 너무도 달라져 있었어요. 눈동자도 초점을 잃고, 마치 10년은 더 노인이 된 것 같았어요.

대구 이모는 인천의 요양원에 가 계시다네요. 그동안 작은외삼촌 댁에 계셨는데, 외숙모와 갈등이 많았나 봐요. 하지만 그 이모가 더 행복한가요? 평생 자식을 낳은 적이 없고, 성우 하나를 데려다 키웠는데, 요양원에 계시네요. 자식을 옆에 두지 않으니, 불효를 받을 일도 없겠죠.

어제 눈이 많이 왔어요. 병원에서 외삼촌 휠체어를 밀어드리는데, 예전 어머니가 입원하시어 휠체어를 밀던 생각이 났어요. 창밖으로는 흰 눈이 펑펑 쏟아지고 있었어요. 사랑해요, 어머니.

2014년 2월 9일 (오전 9시 49분)

불효 천 올림

 2014. 2. 10

지난밤 어머니 덮어 드린 이불이 조금 위로 올라가 있음. 주무시다 몇 번 이불을 차내신 적은 있어도 위로 올라가기는 드문 일. 문도 모두 닫혀 있고, 자다 지금 한 번 일어난 것밖엔 없는데. 어머니는 이렇게 올려 덮으시면 갑갑하시어 못 주무심. 3시 이전에 발견하고 다시 잘 덮어 드림.

지난밤에도 알 수 없는 꿈들이 계속됨. 일부 기억나기도 하고, 대부분은 기억나지 않고. 분명한 건 꿈속에서도 내가 무엇엔가 몹시 괴로워하고 있었어. 어서 이 상황을 벗어나고 싶었어. 몸도 마음도 한계에 오는 듯. 어느 쪽이 현실인지가 불분명해지고 있어.

[편지]

어머니 전상서

사랑하는 어머니, 불효 천입니다. 오늘도 편히 지내고 계신지요.

어제부터 다시 TV를 보면서 아침을 먹고 있어요. TV에라도 의지하지 않으면 자신이 없습니다. 언제부턴가 식사 자체가 중노동이 되었어요.

오늘은 일하는 데 해정이를 데려가려 해요. 해정이가 집에만 있은 지도 거의 한 달이군요. 제가 데리고 다니지 못했어요. 어머니도 오랜만에 저희와 같이 다녀오세요. 밖이 많이 춥지 않으니 따뜻하게 입으시면 다니실 만하실 거에요. 이따 점심 드시고 같이 나가세요. 사랑해요, 어머니.

2014년 2월 10일 (오전 10시 05분)

불효 천 올림

2014. 2. 11

[편지]

어머니 전상서

사랑하는 어머니, 불효 천입니다. 오늘도 편히 지내고 계신지요.

어머니, 제가 만일 결혼했다면 틀림없이 실패했을 겁니다. 아마도 더 큰 불효를 저지르고, 더 많은 사람에게 상처를 주었겠죠. 은행에 계속 있었어도 마찬가지였을 겁니다. 저는 그러한 것과는 어울리는 영혼이 아닙니다.

어머니의 두 유산이 이제 균형을 이루지 못하는군요. 상처는 한없이 커져만 가고, 어머니일지는 소멸해가고 있어요. 오늘도 긴 아침이 지나갔네요. 밥상 앞에 앉으면 질립니다. 엄두가 나지 않아요. 양을 줄여야 할까요? 그래도 어머니가 드시고 남기신 진지는 제가 다 먹어야 하는데요.

어제 오랜만에 저희와 같이 일하는 데 다녀오셨죠? 마후라로 감싸드렸으니 춥지는 않으셨죠? 어제 가보신 곳이 가락시장이에요. 서울에서 제일 큰 농수산물 도매시장이죠. 오늘도 그리로 갑니다. 오셔서 점심 드시고 같이 다녀오세요. 사랑해요, 어머니.

2014년 2월 11일 (오전 10시 05분)

불효 천 올림

 2014. 2. 12

아침에 일어나 보니 어젯밤 어머니 덮어 드린 이불이 바닥에 떨어져 있었다. 나는 눈앞에 펼쳐져 있는 믿기 어려운 광경에 한동안 얼어붙었다. 그동안 몇 차례 덮어 드린 이불이 조금 움직인 적은 있으

나, 오늘처럼 통째로 떨어져 내리기는 지난 연말 경에 이어 두 번째. 화장실에 다녀와 어머니 이불이 잘 덮여져 있음을 확인하고 시계를 보니 새벽 2시 1분. 이후 한 번 일어난 적도 없고, 문도 모두 닫혀 있으니 바람 한 점 가지 않았는데, 어찌된 일인지. 새벽 2시에서 6시 사이에 일어난 일. 물리적인 현상으로는 보이지 않아. 어머니가 내게 무슨 하실 말씀이 있으신 건가?

지난밤은 꿈이 그리 산란하지도 않았고 오랜만에 잠을 좀 잔 것 같아. 이유는 알 수 없지만 아침도 비교적 수월하게 먹었어. 그런데 지난밤 일어난 일은 도대체 무엇일까? 나를 편히 잠에 빠뜨리고, 어머니가 무엇을 하신 걸까?

[편지]

어머니 전상서

사랑하는 어머니, 불효 천입니다. 오늘도 편히 지내고 계신지요.

어머니, 작은외삼촌이 어제 돌아가셨다고 하네요. 지난 토요일 가서 뵙고 왔는데, 사흘 만에 돌아가셨어요. 많이 안 좋아 보이긴 하셨으나 그리 빨리 돌아가실 줄은 몰랐어요.

어머니 떠나신 지도 1년 반이 지났어요. 1년 반… 어머니 가시고 반년도 못 견딜 것 같던 제가 아직도 이렇게 남아 있네요. 하지만 피맺힌 세월이었어요. 500일이 넘는 날들을 어머니 안 계신 세상으로 나와야 했으니까요.

어머니, 지난밤 일은 어떻게 된 거에요. 또 어머니가 이불을 차내신 거에요? 그런데 이번에는 조금 차내신 게 아니네요. 이불을 아주 던져버리셨군요. 왜 그러셨어요. 저에게 무슨 하실 말씀이 있으신 거에요? 그럼 꿈에 오셔서 말씀을 해 주셔야죠. 이불을 이렇게 하시면 저는 알 수가 없어요.

오늘도 오셔서 점심 드시고 같이 다녀오세요. 사랑해요, 어머니.

2014년 2월 12일 (오전 10시 26분)

불효 천 올림

 2014. 2. 13

[오늘 새벽의 꿈]

어머니가 식당 음식 배달 일을 하고 계셨음. 음식을 먹고 난 그릇을 찾아 쟁반에 세 단으로 얹어 머리에 이고 가시다 비가 쏟아져 내려뜨리심. 내가 그걸 보고 어머니에게 달려감. 어머니 모습 뚜렷.

어머니가 9일 만에 다시 꿈에 오심. 꿈에서도 그런 험한 일을 하고 계셨음. 어제 이불을 차내서도 내가 생각을 바꾸지 않으니 오신 듯. 나더러 어떻게 하라고 그러시는 것인지. 너무도 가슴 아픈 꿈.

아침에 일어나 보니 오늘도 역시 어머니 이불에 변화가… 그리 많은 움직임은 아니나, 왼쪽이 조금 밑으로 내려와 있었음. 이런 경우는 간혹 있었던 일이나, 이불이 아예 떨어져 내리거나 위로 올라가 있는 등 요즘 들어 계속 불안한 모습을 보이심. 무언가 내게 하시고자 하는 말씀이 있으신 듯.

[편지]

어머니 전상서

사랑하는 어머니, 불효 천입니다. 오늘도 편히 지내고 계신지요. 이제는 이렇게 여쭤보기가 두렵군요. 어머니가 요즘 저 때문에 불안해하시는 걸 알고 있습니다.

오늘 새벽 꿈에 어머니를 뵈었어요. 너무도 가슴 아픈 꿈이었어요. 어머니, 왜 그런 모습으로 오시는 거에요. 외갓집에서 잘 계시는 모습을 보여주시면 안돼요? 아침에 보니 어젯밤 덮어 드린 이불이 또 조금 밑으로 내려와 있더군요. 어머니, 제게 무슨 하실 말씀이 있으신 거에요? 제가 오지 말았으면 하시는 거에요?

하지만 어쩌겠어요. 어머니와 제 운명을 떼어놓고 생각할 수 없는 걸요. 지은 죄가 있든 없든, 불효를 했든 안 했든, 저는 어머니에게 가야 합니다.

오늘이 작은외삼촌 발인이라네요. 어제 막내이모 계좌로 조금 보냈어요. 조의금으로 대신 전해달라고 부탁드렸어요. 이모도 감기로 고생이신가 봐요.

어머니, 저는 인간으로서의 기본적인 욕망도 사라진 지 오래입니다. 어머니 생각에 눈물짓는 일이 제 일상이 되어버렸어요. 사랑해요, 어머니.

2014년 2월 13일 (오전 10시 42분)

불효 천 올림

2014. 2. 14

지난밤에도 전날처럼 어머니 덮어 드린 이불 왼쪽이 조금 밑으로 내려와 있음. 새벽 5시 이전에 발견하고 다시 잘 덮어 드림. 어머니가 불안하시어 잠을 제대로 못 주무시는 것 같아. 내게 꼭 하시고 싶은 말씀이 있으신가 봐.

올림픽공원 길을 지나는데 나무 위 높은 곳에 있는 까치집이 보임. 문득 거기 있는 까치들은 얼마나 행복할까 하는 생각이 듦. 엄마와 함께한다면 틀림없이 인간 어느 누구보다 행복할 것. 어린 시절, 먹고 살기조차 힘겨웠지만, 그래도 겨울이면 땅에 묻어놓은 무를 꺼내다 밤에 우리 모두 맛있게 먹고… 너무도 행복한 시절이었어.

올림픽공원 벤치에 앉아 잠깐 졸고 있는 사이 어머니 꿈을 꿈. "해정이하고 같이 가 콩나물 사와야지." 하심. 깨고 나니 너무도 아쉬운 꿈. 다시 나와 너무 동떨어진 세상, 세상과 너무 동떨어진 나.

북두칠성

눈을 감으면
분명한 모양의 북두칠성

가장 아름다운 칼리스토
어머니

그 잠깐 사이에도
어머니가 오셨어

갈대

갈대는 죽어서도
그 자리에 서 있다

색깔만 노랗게 변했을 뿐
제자리를 지키고 있다

누가 와 비키라 하지도 않고
비켜날 생각도 없다

살아서도 죽어서도 대단한
갈대

까치

까치가 나에게
무어라 하는 듯,

가지 말라고
하는 듯…

어머니,
어머니 아니세요?

오랜만에 찾은 올림픽공원에서 본 것은 절망뿐이었어. 코끝을 스치는
바람 한 점도 광풍처럼 느껴졌어. 절망과 함께 세 편의 시를 안고 돌아
왔어.
정월 대보름이라고 시장에 풍악을 울리고, 윷을 던지고, 시끌벅적.
하지만 모두가 남의 세상.

2014. 2. 15

오늘도 어제처럼 어머니 이불 왼쪽이 조금 밑으로 내려와 있음. 이
제는 날마다 어머니가 이불을 차내시는구나. 5시 이전에 다시 잘 덮
어 드림.

어머니, 이제부터 진지를 반으로 줄일게요. 제가 도저히 다 먹을 수
가 없어요. 이해해 주세요.

2014. 2. 16

어머니 이불이 오늘은 가운데가 위로 올라가 있음. 5시 전에 발견하
고 다시 잘 덮어 드림.

2014. 2. 17

어머니 이불 왼쪽이 또 내려가 있음. 지난주에 이어 계속. 어머니가
더워 차내시는 것 같지는 않아. 다시 올려 드림. 4시 반 이전.

봄이 온다고 난리네요. 왜 봄이 벌써 오는 거죠? 세상의 바뀌는 모
든 것이 싫어요.

2014. 2. 18

어젯밤 어머니 이불을 덮어 드릴 때 의도적으로 왼쪽을 미리 내려 놓았는데도 자다 일어나 보니 더 밑으로 내려와 있음. 오른쪽 위 모서리 접힌 부분은 뒤집어져 있음. 자연적으로 일어날 수 있는 현상이 아님. 지난 12일 어머니 이불이 밑으로 떨어져 내린 이후 가장 심한 변화. 한 번 일어난 적도 없고, 만진 적은 더욱 없음. 그렇다면 오른쪽 위 모서리 접힌 부분은? 어머니의 메시지가 분명해 보임. 3시 반 이전에 다시 잘 덮어 드림.

어머니는 내게 무슨 말씀을 하고 싶으신 걸까. 이제 곧 만날 텐데, 내가 가기 전에 꼭 해 주셔야 하는 말씀일까.

2014. 2. 19

어머니 이불 아무 이상 없음. 조금도 움직이지 않고 밤새 그대로 유지되기는 8일 만에 처음. 전엔 드물게 나타나던 현상들이 1주일이나 계속된 것.

2014. 2. 20

지난밤 덮어 드린 어머니 이불 그대로임.

[편지]

어머니 전상서

사랑하는 어머니, 불효 천입니다.

어머니, 제가 가겠어요? 아니면 남겠어요? 이제 다 했잖아요. 어머니 일지도 마쳤잖아요. 아직 남은 게 있나요? 저는 그걸 모르겠어요. 할 일이 남아 있다면, 제가 감당할 수 있겠어요? 제 몸과 마음이 따라 줄까요? 경제적으로는 어떨까요? 지금 하는 일은 언제까지 계속할 수 있을까요? 조화는 극복해낼까요? 어떤 식으로든 답을 주세요.

2014년 2월 20일 (오전 9시 59분)

불효 천 올림

2014. 2. 21

[편지]

내 인생의 연출자에게

연출님, 안녕하십니까. 우리는 매우 친숙하지만, 한 번도 본 적은 없군요. 아, 나만 본 적이 없군요. 항상 나를 보고 계시겠지요.

어머니를 데려가고 내가 헤매는 모습이 그런대로 괜찮았나요? 당신 마음에 들었나요? 사랑한 건 탓하지 마세요. 지금도 어머니를 사랑하고 있으니까요. 나를 어머니에게 데려다 주면 고마운 일이지요.

허락한다면 나도 하나 물어보고 싶은 게 있어요. 당신의 연출 의도를 알고 싶습니다. 의도가 순수하지 못하다면, 당신도 책임을 져야겠지요.

2014년 2월 21일 (오전 9시 22분)

천

 2014. 2. 23

[편지]

어머니 전상서

사랑하는 어머니, 불효 천입니다. 오늘도 편히 지내고 계신지요.

어머니, 오늘이 어머니 떠나신 지 1년 6개월 18일 되는 날이네요. 저에게는 특별한 날이지요. 지난날 제가 독일로 떠났다 1년 6개월 18일 만에 다시 어머니에게로 돌아왔으니까요. 이번에도 꼭 오늘은 가서 어머니를 뵙고 싶었어요. 그런데, 지금 여기서 이렇게 편지를 드리는군요. 어머니가 하시고자 하는 말씀을 제가 잘 알아들은 건가요?

오늘은 제가 썩 좋지도 나쁘지도 않아요. 그렇죠, 좋을 수가 없는 날이죠. 지금이라도 어머니에게 가고 싶은 것이 제 마음입니다.

하지만 어머니, 저는 어머니가 항상 곁에 계시다 믿어요. 어머니는 제 종교이고, 어머니일지는 경전입니다. 사랑해요, 어머니.

2014년 2월 23일 (오후 1시 39분)

불효 천 올림

 2014. 2. 24

[오늘 새벽의 꿈]

호랑이가 집으로 들어와 내가 피하려 했으나 그 호랑이를 어머니가 잡아 주심. 내가 호랑이 다리를 발로 누르고 있자 그 호랑이가 어떤 여자의 모습으로 변함.

밤새 산란한 꿈이 이어짐.

[편지]

어머니 전상서

사랑하는 어머니, 불효 천입니다. 오늘도 편히 지내고 계신지요.

어머니, 돌이켜보면 제가 할 만한 일이 없었어요. 마음에 있는 유일한 일은 글을 쓰는 것이었는데, 능력이 따라 주지 않는 듯 보였어요. 아니죠. 더 정확히 말하면, 글을 쓸 만한 소재를 찾지 못했어요. 그래도 글을 썼다면 맞지 않는 옷을 입혀놓은 인형처럼 우스꽝스러운 모습이 나왔겠죠. 그런데 지금 저에게 평생 오지 않던 그 소재가 주어지는 거에요. 바로 어머니죠. 제가 글을 쓸 수 있는 유일한 소재는 어머니입니다. 어머니는 저의 유일한 세상이니까요. 어머니는 돌아가시어 저에게 스스로 소재가 되어 주고 계시는 겁니다.

아침에 보니 상준이에게서 문자가 와 있더군요. 작은외삼촌 아들 상준이 아시죠? 제 아버지 편한 세상으로 가셨다고. 문자 온 시각이 새벽 2시 반이네요. 문자 온 것도 모르는 걸 보니 잠이 깊이 들었었나 봐요.

외가의 7남매 중 이제 다섯 분이 남으셨네요. 큰이모는 벌써부터 요양원에 계시다는 말을 들었어요. 큰외삼촌은 은퇴해 편히 지내시는 듯하나, 상엽이를 먼저 보낸 아픔을 안고 계시겠죠. 대구 이모는 작은외삼촌 댁에 계시다 외삼촌이 돌아가시는 바람에 인천의 요양원으로 옮기셨다는군요. 진천 이모는 여전히 민형이와 함께 계시고, 막내이모는 대구와 서울 정이네 집을 오가며 지내고 계시네요. 막내이모가 74세이니, 이제 모두 연세가 높아지시어 건강이 그리 좋으신 편은 아닌가 봐요.

어머니, 오늘은 경기도 하남시로 갑니다. 버스 타고 시외로 조금 나갑니다. 어머니도 함께 다녀오세요. 오랜만에 시원하게 바람도 쏘이시구요. 점심 드시고 같이 가세요. 사랑해요, 어머니.

2014년 2월 24일 (오전 9시 48분)

불효 천 올림

2014. 2. 25

[편지]

어머니 전상서

사랑하는 어머니, 불효 천입니다. 오늘도 편히 지내고 계신지요.

어제는 하남에 다녀오셨죠? 조금은 힘들었지만, 그래도 잘 다녀왔지요, 우리 세 식구? 해정이가 많이 걸었는데도 다리 아프다고 안 하네요. 버스 타고 가며 창밖을 구경했다고 좋아하네요. 어머니도 함께 보셨지요?

어제 저녁부터 줄였던 식사를 다시 늘려 하고 있어요. 그동안 진지를 줄여 올려 드려 죄송해요. 조금 부족하셨죠? 어머니가 드시고 남기신 진지 제가 다 먹고 있습니다..

오늘은 오다 PC방에 들러 블로그 작업을 조금 할 거예요. 집에 오시어 해정이와 같이 계셔 주세요. 사랑해요, 어머니.

2014년 2월 25일 (오전 9시 47분)

불효 천 올림

2014. 2. 26

새벽에 일어나 보니 어머니 이불 왼쪽이 조금 밑으로 내려와 있음. 지난 18일 이후 8일만에 다시 움직임. 4시 반 이전에 발견하고 다시 올려 드림.

2014. 3. 1

오늘 아침, 사람이 이렇게 실성하는구나 하는 생각이 들었다. 그래, 실성을 한다면 이 세상에 머물 수 있겠지. 그러나 나는 실성하지 않을 것이다.

2014. 3. 2

새벽에 보니 어머니 이불 왼쪽이 또 조금 밑으로 내려와 있음. 나흘만의 움직임. 5시 반 이전에 발견하고 올려 드림.

잠깐 꿈을 꿈. 깨면서 급속히 사라져 내용은 기억나지 않으나, 나는 그것을 현실로 알았어, 똑같이 누군가를 만나고 대화하고. 어머니를 만났었는지는 잘 모르겠어. 꿈과 현실의 경계는 무엇일까. 서로가 뒤

바뀐 건 아닐까. 또 다른 세계는 있는 것 같아. 그런데, 잠시 전까지의 세계가 기억나지 않다니… 전생이 있어도 기억날 리 없지.

얼마 전 일하며 다니다 보니 한 음식점 앞에 고등어조림이라고 써 있더군. 어머니가 고등어조림 많이 해 주셨는데… 이제는 먹어 볼 수 없는 음식이 되었어, 내가 원하는 건 어머니가 해 주시는 고등어조림이니까. 나는 어디에서도 고등어조림을 먹을 수 없어, 뜨거운 눈물과 함께 삼켜야 하니까.

 2014. 3. 3

새벽에 보니 어머니 이불 왼쪽이 밑으로 많이 내려와 있음. 이틀 연속 움직임. 5시 반 이전에 발견하고 다시 올려 드림.

어머니, 제가 무슨 평화를 바라겠어요. 저는 괜찮아요. 다른 건 어떠해도 상관없어요. 그러니 너무 마음 아파하지 마세요.

어머니와 너무 오래 떨어져 있을 수 없어. 벌써 600일이야. 600일… 아득한 세월을 지나왔구나. 저녁에 조금만 늦어도 전화하셨는데, 그 많은 날들을 어떻게 기다리고 계실까, 꿈에도 자주 안 오시며.

2014. 3. 4

새벽에 보니 어머니 이불 오른쪽이 조금 위로 올라가 있음. 사흘 연속 움직임. 5시 반 이전에 발견하고 다시 덮어 드림.

2014. 3. 5

돌아가신 지 열아홉 달 / 1년 7개월

아침에 보니 어머니 이불 왼쪽이 약간 밑으로 내려와 있고 오른쪽이 위로 많이 올라가 있음. 나흘 연속 움직임. 어제 오늘 오른쪽의 변화는 드문 경우. 이불 전체가 그대로 시계 반대 방향으로 회전한 것. 어떤 의도에 의하지 않고는 어려운 일. 보면서도 믿기지가 않아. 왜 그러실까, 어머니가. 내게 다시 무언가 말씀하시고자 하는 것일까. 내 생각을 벌써 알아차리신 것일까.

어머니, 어제는 오랜만에 천호공원에 가보셨죠? 일하면서 지나다 잠깐 들렀어요. 어머니와 함께 벤치에 앉아 있는데 가슴이 아파 와 금방 일어나야 했어요. 어머니, 요즘 제가 편지도 못 드리는군요. 죄송해요. 이젠 편지를 드리기보다는 가서 뵙고 싶어요. 어머니 품에 안겨 마음놓고 울어보고 싶어요.

효자라고? 누군가 나에게 효자라 하더군. 그렇게 알고 있는 사람들이 더러 있었지. 그러나 나는 천하의 불효자이다. 내가 얼마나 불효자인지는 어머니만이 알고 계시다. 문제는 어머니가 그걸 기억하지 못하신다는 것, 어머니는 본시 내가 잘못하는 건 기억하지 못하시는 분이니까. 그것이 나를 더 오만 방자하게 만들었으니, 어머니에게도 조금의 책임이 있지 않으실까? 내게 한 번의 꾸지람만 내리셨어도 내가 이렇게 되지는 않았을 것을… 효자라는 말은 나에게 가장 어울리지 않는 말이야. 내가 효자로 비쳐졌다면, 그건 아마도 내가 세상을 기만하고 있기 때문일 거야. 사실 나는 누구보다 효자가 되고 싶었어. 평생의 꿈인 작가는 못 되어도 효도할 수 있게 해달라 빌었어. 그러나 결국 나와는 가장 인연이 없는 말이 되고 말았어.

작가도 시인도 어머니와 바꿀 수 없어. 그렇지만 어머니 마음은 나와 조금 다르신지도 모르지. 내가 작가로 성공하는 모습을 보고 싶어 하시지 않을까? 그래서 돌아가시어 이렇게 어머니일지를 남겨 주고 계시는 건 아닐까?

 2014. 3. 6

새벽에 보니 어머니 이불 왼쪽과 오른쪽이 모두 밑으로 내려와 있음. 5일 연속 변화. 5시 반 이전에 발견하고 다시 잘 덮어 드림.

2014. 3. 7

[오늘 새벽의 꿈]

내가 일용직으로 일하는데, 일을 잘 하지 못해 눈치를 보고 있었음. 다행히 일 마치고 모두 함께 자장면 먹으러 가는데 따라가고 있었어. 이곳에는 비가 안 오는데 저쪽에는 비가 오는 것이 보였어. 그리로 가보니 정말 비가 오고 있었어. 비가 오는 곳과 안 오는 곳의 경계 뚜렷. 이 세상과 저세상의 경계가 아닐까. 너무도 생생하고 가슴 아픈 꿈.

지난밤 어머니 이불 움직임 없음.

어머니, 지난밤 이불을 안 차내셨네요. 그래요, 그렇게 잘 주무셔야죠. 저는 꿈을 꾸었어요. 이상한 꿈이었어요. 마치 이 세상과 저세상을 건너가는 듯했어요.

2014. 3. 8

[오늘 새벽의 꿈]

내가 포로 생활을 하고 있었음. 뒤에서 총을 쏘아대는데, 바닥으로만 기면 안 죽는다는 생각을 하고 있었어.

지난밤 어머니 이불 이상 없음.

2014. 3. 9

지난밤 어머니 덮어 드린 이불이 시계 반대 방향으로 움직여 왼쪽과 가운데가 내려가고 오른쪽이 조금 올라감. 5시 반 전에 다시 잘 덮어 드림.

2014. 3. 11

여든세 번째 생신

지난밤 어머니 덮어 드린 이불이 시계 반대 방향으로 크게 회전하여 왼쪽이 많이 내려가 있고 오른쪽이 많이 올라감. 적지 않이 놀람. 보면서도 믿기지 않아. 최근 들어 가장 큰 움직임. 새벽 4시 전에 다시 잘 덮어 드림.

[오늘 새벽의 꿈]
내가 웬 아름다운 여인과 함께 있었음. 그 여인과 무언가 일을 같

이 하고, 대화도 뚜렷.

[편지]

어머니 전상서

사랑하는 어머니, 불효 천입니다. 편히 지내고 계신지요.

어머니, 오늘이 어머니 여든세 번째 생신이군요. 그런데 차례를 올리지 못했습니다. 차례는 고사하고 절도 못 올리는 제 심정을 이해해 주세요. 지난 설처럼 제가 준비가 되지 못했어요. 이젠 차례도 편지도 대화도, 이 세상에서의 모든 것이 부질없어 보입니다. 제가 가서 직접 어머니를 뵈어야지요.

지난밤에도 덮어 드린 이불을 차내셨더군요. 단순히 더우셔서 그러신 건 아닌 것 같아요. 저에게 하실 말씀이 있으신 거에요? 제가 걱정되시는 거에요? 어머니, 너무 가슴 아파하지 마세요. 언제까지 서로 다른 세상에 떨어져 그리워하며 지낼 수는 없죠.

오후에 어머니 성묘를 가겠습니다. 절도 가서 드리겠어요. 사랑해요, 어머니.

2014년 3월 11일 생신 (오전 9시 59분)

불효 천 올림

2014. 3. 16

[오늘 새벽의 꿈]

어머니와 나 해정이, 우리 세 식구 살고 있는 집에 누군가 계속해서 문을 두드림. 나는 숨을 죽이고 듣고 있었음. 그러자 한 명이 문을 열고 들어옴. 내가 방에서 나가 누구야 하고 소리치자 문을 떼어놓고 달아남. 그들은 두 명이었어.

지난달 24일 이후 20일 만에 어머니를 꿈에서 봄. 우리는 분명히 어머니와 함께 살고 있었어.

2014. 3. 17

이제 어머니 사진은 우리 집에만 있는 게 아니야. 이 세상 어디에도 있어. 결코 사라지지 않아.

어머니, 오늘 낮이 18도였어요. 시원하게 다녀오셨어요? 어머니 더우실까 마후라를 안 해드렸는데, 춥지 않으셨죠? 살아생전에 저 때문에 더 더우셨을 거에요. 저는 언제나 어머니 추우실까 더 입으시게 했죠. 죄송해요, 어머니. 우리는 항상 그렇게 어긋났어요. 서로를 위하는 마음이 서로를 힘들게 했죠.

2014. 3. 21

아침에 일어나 보니 지난밤 어머니 덮어 드린 이불 왼쪽과 가운데가 조금 밑으로 내려가 있음. 열흘 만의 움직임.

2014. 3. 23

會者定離, 만나면 반드시 헤어진다? 아니야, 이 세상과 헤어져도 어머니와는 헤어질 수 없어.

去者必返, 헤어지면 반드시 돌아온다? 아니야, 어머니는 다시 오실 수 없어. 내가 가야만 해.

2014. 3. 24

어머니, 오늘 지하철을 타고 앉아 있는데 바로 앞에 서 있는 한 남자가 누군가와 통화를 하고 있었어요. 남자는 상냥한 목소리로 그래요, 끊어요 어머니, 하며 통화를 마치는 거에요. 남자가 너무 부러워 얼굴을 두 번이나 쳐다보았어요. 젊은 남자더군요. 저는 그만 울고 싶었어요.

돌아가신 지 600일

[편지]

어머니 전상서

사랑하는 어머니, 불효 천입니다. 편히 지내고 계신지요. 이렇게 여쭤보기가 죄스럽습니다. 저 때문에 노심초사하고 계시겠죠.

어머니, 오늘이 돌아가신 지 600일 되는 날이군요. 저는 정신이 혼미합니다. 그래도 생각을 해야지요. 제가 어머니에게 가는 것이 옳은 일일까요? 어머니가 바라시는 일일까요? 어머니일지를 내기는 했으나, 왠지 이제 절반을 마친 거라는 생각이 들기도 하는군요.

쌀도 화장지도 다 떨어졌어요. 생활필수품이고 뭐고 모두 그냥 두었더니 거의 동시에 떨어지네요. 사실은 이 모든 것이 힘에 겹습니다. 사소한 일도 이 세상에서 만만한 일이 없어요.

어머니, 저를 아주 떠나신 건 아니죠? 항상 저를 보고 계시죠? 그리고 걱정하고 계시죠? 저를 떠나시면 안됩니다. 절대 윤회에 들지 마세요. 제가 갈 때까지 꼭 외갓집에 계셔야 합니다. 어머니는 반드시 제가 다시 모실 겁니다.

어머니에게 편지를 드리는 것도 17일 만이군요. 대화를 한 지는 얼마나 되었는지 기억도 없네요. 지난 설과 생신에 어머니에게 차례는

물론 절도 제대로 올려 드리지 못했어요. 편지도 대화도 다 지난 옛일 같았어요. 이 세상에서의 모든 일이 부질없이 느껴졌어요. 어서 어머니 곁으로 가고만 싶었어요. 하지만 이제 되도록 편지도 자주 드리고 대화에도 나가겠습니다. 사랑해요, 어머니.

2014년 3월 28일 (오후 4시 59분)

불효 천 올림

 2014. 3. 29

[편지]

어머니 전상서

사랑하는 어머니, 불효 천입니다. 오늘도 편히 지내고 계신지요. 이렇게 여쭤보기가 두렵군요.

어머니, 제가 언제까지 실성하지 않고 버틸 수 있을지 모르겠어요. 저는 순간순간 경계를 넘나들고 있어요. 아주 불안한 나날을 보내고 있는 겁니다. 온전히 이 세상 사람이라고도 할 수 없어요. 어머니를 잘 모실 수도 있었을 텐데, 더 마음 편히 해 드릴 수도 있었을 텐데, 왜 이런 인생이 주어지는지, 왜 어머니가 떠나셔야 했는지, 저는 이해할 수도 받아드릴 수도 없어요.

어머니, 저는 어디에 있어도 어머니 아들입니다만, 어머니 곁에 있고 싶어요. 사랑해요, 어머니.

2014년 3월 29일 (오전 10시 28분)

불효 천 올림

어머니, 저에게도 고정된 일이 있군요. 지금의 스티커 일을 한 지 1
년이 되어갑니다. 이렇게 오래 할 줄은 몰랐어요. 수입은 많지 않으나
비교적 안정되고 여유가 있어 어머니일지도 낼 수 있었어요. 사장은
좋은 사람으로 보입니다. 1년 가까이 오는 동안 얼마간의 친분도 생기
고, 급여 지연이 한 차례도 없었어요. 이 일을 하게 된 것은 행운으로
느껴집니다. 다른 일을 했다면 이나마 지금의 제 모습을 갖추기 어려
웠겠죠. 우연이라기 보다는 어머니의 보살핌이지요. 아마도 제 마지
막 생업이라 할 수 있겠죠.

어머니, 벚꽃이 피었다네요. 하긴 어머니 칠순 때 벌써 제주도에는
유채꽃이 만발하였죠.

2014. 3. 30

새벽에 보니 지난밤 어머니 덮어 드린 이불 왼쪽이 조금 밑으로 내
려와 있음.

 2014. 4. 5

돌아가신 지 스무 달 / 1년 8개월

[편지]

어머니 전상서

사랑하는 어머니, 불효 천입니다. 편히 지내고 계신지요.

어머니, 오늘이 돌아가신 지 스무 달 되는 날이군요. 20개월을, 600일이 넘는 날들을 어머니 없이 이 세상에서 지내 왔어요. 꿈처럼 느껴집니다. 아니, 꿈인지도 모르죠. 하지만 이제 결론을 내야 합니다. 어머니에게 모진 말씀을 드려야 하는군요.

어머니, 저와 함께하시는 것보다 더 나은 곳이 있다면, 그리로 가세요. 우리가 다시 만나는 것이 서로에게 좋은 일인지 잘 모르겠어요. 아무래도 좋은 인연은 아닌 듯합니다. 어머니도 잊겠어요. 부디 평안하세요. 그리고 이 불효자를 용서하세요. 사랑해요, 어머니.

2014년 4월 5일 (오전 9시 29분)

불효 천 올림

[편지]

어머니 전상서

사랑하는 어머니, 불효 천입니다.

어머니, 그 사이 떠나신 건 아니죠? 제가 너무 힘에 겨워 편지에 한 번 드려 본 말씀을 그대로 믿는 건 아니시죠? 제가 잘못했어요. 죄송해요. 제가 정신이 오락가락하나 봐요. 제가 어머니 싫다고 하는 말은 모두가 거짓임을 아실 거에요. 어머니, 제가 어찌 어머니를 잊겠어요. 영혼만 남아도 어머니 곁으로 가야죠. 우리가 다시 만나 더 불행해진다 해도, 저는 어머니를 선택할 것입니다. 어머니도 그러하시지요? 제가 사랑할 영혼은 어머니뿐입니다. 저는 절대 이 인연을 포기할 수 없어요, 어머니.

어머니, 지금 제가 매일 아침 어떻게 일어나고 있는지 아시죠? 어떤 절망과 고통 속에서 아침을 맞는지 알고 계시죠? 어머니에게 가지도 못하고 실성해버릴지도 모르는 공포 속에서 혼신의 힘을 다해 탈출하곤 합니다. 어머니 곁에서 쉬고 싶어요. 사랑해요, 어머니.

2014년 4월 7일 (오전 9시 42분)

불효 천 올림

어머니, 길을 걷다 보니 만두집이 있군요. 커다란 간판 아래 수제만두 전문점이라는 작은 글자가 눈에 들어오네요. 수제만두… 어머니가 해 주시던 만두가 생각납니다. 어머니의 손맛이 배인 만두… 김치와 두부를 잘게 썰어 흰 천으로 싸 거의 물기가 남아 있지 않으리 만치 손으로 꼭 짜서 고기를 다져 넣으면 세상에 하나뿐인 어머니표 손만두가 완성되는 것이죠. 그렇게 며칠 저희들을 해 주시고 나면 어머니 손목이 시큰거릴 정도였지요. 어머니, 어쩌죠, 지금 그 만두가 먹고 싶으니? 어머니의 손만두를 먹지 않고는 못 견딜 것 같으니, 살지 못할 것 같으니, 어쩌죠, 어머니? 불행히도 이 세상에는 파는 곳이 없네요. 수억 원을 주어도 사 먹을 수가 없어요.

2014. 4. 9

내 쉰일곱 번째 생일

내 생일. 오지 말았으면 하던 생일. 어머니에게 절도 못 올리는 생일. 가장 가슴 아픈 생일. 내 마지막 생일.

[편지]
어머니 전상서
사랑하는 어머니, 불효 천입니다. 편히 지내고 계신지요.

어머니, 오늘이 제 생일입니다. 57년 전 저를 낳으신 날이군요. 그런데 어머니에게 절도 못 올리고 있어요. 자신이 없어요. 절을 올리게 되면 넘쳐나는 모진강에 저 자신이 다 떠내려가버릴 것만 같아요. 아무래도 절은 어머니에게 가서 올려야 할 것 같습니다.

무슨 연유에서인지는 모르나, 운명은 우리에게 큰 혼란을 안겨 주었어요. 어머니는 그저 제가 깨끗한 직업을 가지고 편안하게 살았으면 하셨지만, 저는 달리 되고 싶은 무엇도 없었어요. 그로 인해 어머니가 평생…

오늘은 저와 다녀오세요. 사랑해요, 어머니.

2014년 4월 9일 생일 (오전 9시 59분)

불효 천 올림

2014. 4. 10

[편지]

어머니 전상서

사랑하는 어머니, 불효 천입니다. 편히 지내고 계신지요.

어머니, 가장 두려운 것은 제가 실성하는 일입니다. 어머니에게 가지도 못하고 이 세상을 떠돌겠지요. 그럼 어머니 마음도 아프시겠지요. 그런데 이대로 더 머물다가는 아무래도 실성해버릴 것만 같은 예

감이 듭니다. 그래도 심신이 웬만할 때 어머니에게 가는 게 낫지 않겠습니까. 600일을 지나온 것이 기적처럼 느껴져요. 이제는 체력적으로 정신적으로 어렵다는 생각입니다.

아침에 수도꼭지가 고장이 났어요. 수도를 잠가도 물이 멈추질 않았어요. 급히 철물점에 연락해 주방과 욕실의 수도를 모두 갈아 놓았어요. 그렇지 않아도 머리가 산란하던 차에 더 혼란스럽네요. 그래도 다행히 제가 집에 있을 때 고장이 나는군요. 사랑해요, 어머니.

2014년 4월 10일 (오전 11시 11분)

불효 천 올림

 2014. 4. 11

[지난밤의 꿈]

내가 부축을 해도 어머니가 자꾸 앞으로 쓰러지심. 가슴 아픈 꿈이긴 하나, 그래도 오랜만에 어머니를 뵈었어.

[편지]

어머니 전상서

사랑하는 어머니, 불효 천입니다. 편히 지내고 계신지요.

어머니, 제가 어머니에게 가려는 것은 불효에 대한 죄책감 때문이 아닙니다. 불효했든 효도했든, 어머니 곁으로 가는 건 제 인생의 계획에 들어 있던 일이에요. 어머니 사진 하나 휴대폰에 넣어 놓지 않았습니다. 어머니가 떠나시면 저는 결코 어머니를 추억하며 살지는 않을 것이라 했지요. 저도 곧바로 어머니를 따라가는 것이 제 인생의 마지막 계획이었어요. 그런데 600일이 지났군요. 참 많이도 왔어요. 얼마나 더 많은 불효의 총알을 맞아야 할까요.

모든 것이 제가 가야 할 곳으로 한 방향을 가리키고 있어요. 어젯밤 어머니가 너무 보고 싶었어요. 한동안 어머니를 되뇌다 잠이 들었어요. 그리고 어머니를 꿈에서 뵈었어요. 그런데 제가 부축해 드려도 자꾸 앞으로 넘어지시는 거에요. 가슴 아픈 꿈이었지만, 그래도 오랜만에 어머니를 뵈오니 좋으네요. 자주 좀 오셨으면 좋겠어요. 사랑해요, 어머니.

2014년 4월 11일 (오전 10시 03분)

불효 천 올림

2014. 4. 12

[지난밤의 꿈]

내가 어떤 여자와 함께… 너무도 황당한 꿈.

[편지]

어머니 전상서

사랑하는 어머니, 불효 천입니다. 편히 지내고 계신지요.

어머니, 지난밤에 꿈을 꾸었어요. 제가 어떤 여자와 어울리는 꿈이었어요. 왜 이런 꿈이 꾸어지는지 몰라요. 이건 결코 제 뜻이 아닙니다. 여자들은 어머니가 보내시는 거에요? 그러지 마세요. 제가 꿈에서도 보고 싶은 분은 어머니뿐입니다.

오늘 아침에도 변함없이 힘들었어요. 하지만 이후 마음이 편안해집니다. 마음이 정리되니 편안해지나 봐요. 물론 얼마 안 가겠지만, 이 평화를 즐기고 싶네요. 어머니, 저는 결코 어머니를 떠나지 않았어요. 어머니가 떠나셨지요. 제가 보내 드렸나요? 저는 어머니를 보내지 않았어요. 보내 드렸다면, 그건 저도 같이 간다는 뜻이겠지요. 사랑해요, 어머니.

2014년 4월 12일 (오전 9시 42분)

불효 천 올림

 2014. 4. 13

[편지]

어머니 전상서

사랑하는 어머니, 불효 천입니다. 편히 지내고 계신지요.

아침에 두 시간에 걸쳐 집 안의 거미줄을 제거하였어요. 그동안 방치해 두었더니 거미줄 천지였어요. 엄두가 나지 않고 내키지 않았지만, 했어요. 거미를 수도 없이 잡았어요. 창문 많이 열어놓았었는데, 날이 푹해 춥지는 않으셨죠? 남방과 잠바도 겨우내 입었더니 냄새가 나 어제 갈아입었어요. 일상의 모든 일들이 낯설게 된 지 오래입니다.

어머니, 오늘은 일요일이라 집에 있습니다. 오셔서 같이 계셔 주세요. 사랑해요, 어머니.

2014년 4월 13일 (오전 11시 51분)

불효 천 올림

2014. 4. 14

젊은 시절, 내가 먼저 떠났다면 어머니는 어찌 사셨을까? 나 없이 사셨을까? 내가 불효자이긴 하나, 내 마음이 불효자는 아니야. 어머니 곁에 있어 드려야 해.

내가 없어도

여긴
내가 없어도 되지요

변함없이 해가 뜨고
바람 불지요

어머니에겐
내가 있어야 해요

변함없이 일어나고
식사하고 못하세요

내가 필요한 곳
거긴 어머니 곁입니다

내게 필요한 곳도
어머니 곁입니다

변함없이 호흡하고

사랑할 수 있으니까요

[편지]

어머니 전상서

사랑하는 어머니, 불효 천입니다. 편히 지내고 계신지요.

어제 우연히 보니 왼쪽 눈 위에 기다란 흰 눈썹이 세 개가 있었어
요. 저도 나이를 먹었군요. 그냥 둘 생각이었는데, 제가 갔을 때 혹시
어머니가 못 알아보실까, 뽑아버렸어요.

오늘도 나가 일하고 오겠습니다. 조금 늦을지 모릅니다. 편히 지내
세요. 사랑해요, 어머니.

2014년 4월 14일 (오전 9시 37분)

불효 천 올림

2014. 4. 17

[편지]

어머니 전상서

보고 싶은 어머니, 불효 천입니다. 편히 지내고 계신지요.

어머니, 어제는 오랜만에 저희와 함께 일하는 데 다녀오셨죠? 힘들

지는 않으셨어요?

어머니, 저는 어머니일지에서 손을 놓았어요. 제 손을 떠난 겁니다. 어머니일지는 이제 저와 무관한 자유항해를 시작했어요. 제가 할 일은 새로운 출발을 축하하고 순탄한 항해가 되도록 빌어 주는 것밖에 없군요. 어머니의 두 유산 중 한 쪽이 마침내 소멸한 것입니다.

요즘 꿈이 예사롭지가 않아요. 지금까지와는 다른 세상을 보는 것 같아요. 얼마 후면 가게 될 세상을 미리 보여주는 걸까요? 거기에 어머니가 계셨으면 좋겠어요. 사랑해요, 어머니.

2014년 4월 17일 (오전 9시 30분)

불효 천 올림

[시]

긴 편지

오늘은 어머니에게
긴 편지를 써야겠구나

편지가 너무 길어
눈물이 마르면 어쩌지

가슴에 흐르는
모진강물을 길어 쓸까

사흘 뒤면 어머니 곁으로 가는데
아직 허락을 받지 못하였구나

[편지]

어머니 전상서

사랑하는 어머니, 불효 천입니다. 편히 지내고 계신지요.

어머니, 저는 요즘 종종 그런 생각을 합니다. 조금 여유가 있을 때

트럭을 한 대 사서 어머니 모시고 해정이 데리고 같이 시골로 다니며 멸치 장사나 했으면 어떨까 하구요. 그럼 어머니도 여기저기 구경 많이 하시고, 제가 늦어도 함께 계시니 걱정이 없으셨겠죠. 아마 지금도 건강히 제 곁에 계실 텐데요, 하는 생각을 하면 너무도 아쉬워 후회되기도 합니다. 저는 왜 마음과는 반대로 불효만을 행했는지, 그래서 천하의 둘도 없는 불효자가 되었는지, 그건 제가 가장 원치 않던 일이었어요.

하지만 어머니는 어머니일지를 어찌 생각하세요. 어머니일지가 나온 것도 제가 전혀 생각지 못하던 일입니다. 저는 작가의 꿈을 더는 가질 수 없었어요. 저와는 인연이 없다 생각했어요. 단지 어머니와 우리 세 식구 함께 살게 해 주기만을 바랐을 뿐이죠. 그런데 어머니를 데려가고 어머니일지를 주었네요. 제가 일찍이 작가가 되었어도 나오지 않았을 작품입니다. 아마도 숱한 가식만을 남겼겠죠. 어머니일지는 제가 이 세상에 남겨야 할 유일한 작품이었어요.

어머니와 함께 천수를 누렸다면, 효도를 다했다면 좋았겠지만, 제가 더 늦은 나이에 어머니가 떠나셨다면, 저는 정신적으로나 신체적으로 감당하지 못했을 겁니다. 당연히 어머니일지는 없었겠죠. 무언가 알 수 없는 힘이 어머니를 일찍 데려가고 저로 하여금 작가로서의 최소한의 소임을 하게 한 거죠. 어머니도 그 과정을 다 지켜보셨죠? 이것이 아마도 그토록 저를 안타까워하시던 어머니가 바라시는 일이 아닌가 하기도 합니다. 그래서 저를 그렇게 불효자로 만드시고, 서둘러 떠나셨는지도요. 저는 이제 무엇도 원망하지 않습니다. 제 소임을 다했으니 다시 어머니 곁으로 돌아가면 됩니다. 살아 계실 어느 때보다 저와 많이 대화하시고, 같이 다니셨지요. 그리고 지금도 어머니일지 표지에 나오시어 어디든 다 가보시고 많은 사람들을 만나 보고 계시죠? 천이는 이 세상에 있으나 저세상에 있으나 어머니 아들입니다. 그러나 이 세상이든 저세상이든 어머니 곁에 있고 싶어요.

어머니에게 편지를 쓰는 지금 이 순간은 정신이 조금 나아졌어요. 허리 통증도 덜하구요. 어머니 떠나신 이후 몸과 마음이 황폐해져 더는 앞으로의 세파를 헤쳐나가기 어려울 듯합니다. 지금까지 600일이 넘는 날들을 견뎌온 것은 기적과도 같습니다.

오늘 일하는 데 같이 다녀오세요. 오셔서 점심 드시고 함께 나가세요. 사랑해요, 어머니.

2014년 4월 22일 (오전 11시 32분)

불효 천 올림

2014. 4. 23

새벽에 보니 지난밤 어머니 덮어 드린 이불이 오른쪽 아래 모서리 부분부터 절반 정도가 완전히 위로 젖혀져 올라가 겹쳐 있음. 왼쪽은 약간 내려감. 지난달 어머니 생신날 새벽 큰 움직임이 있은 이후 두

번 정도 미동이 있었으나 다시 크게 움직이기는 거의 한 달 반 만에 처음. 1시 반에서 5시 사이.

손으로 그렇듯 정교하게 할 수 없어. 어떤 힘의 작용에 의하지 않고는 어려운 일. 보면서도 믿어지지 않아. 어머니가 이불을 차내신 것과는 또 다른 형태. 아마도 처음 보는 형상. 분명히 어머니의 어떠한 의사 표시인 듯.

[편지]

어머니 전상서

사랑하는 어머니, 불효 천입니다. 편히 지내고 계신지요.

어머니, 어제는 참으로 편안한 하루였어요. 처음부터 모두 제 생각대로 되었어요. 터미널 벤치에 우리 세 식구 나란히 앉아 있는데, 이 세상에서 맛보는 마지막 평화 같았어요. 지나는 사람들도 모두 여유로워 보였어요. 다시 그런 평화가 주어지지 않아도 좋을 것 같았어요.

저는 멀리 갔다가도 반드시 어머니 곁으로 돌아오곤 했어요. 그런데 어머니는 가시어 다시 못 오시니, 이번에도 제가 어머니에게 돌아가야겠지요. 세상은 충분히 경험했어요. 어머니가 보고 싶어요. 어머니를 더 못 보고는 견딜 수 없어요. 이 무너지는 가슴을 어찌 감당할 수 있겠어요.

오늘도 천천히 다녀올 거에요. 오셔서 점심 드시고 같이 나가세요.

사랑해요, 어머니.

　2014년 4월 23일 (오전 10시 41분)

　불효 천 올림

2014. 4. 25

[편지]

어머니 전상서

사랑하는 어머니, 불효 천입니다. 편히 지내고 계신지요.

　어머니, 저는 이미 삶의 의미와 즐거움을 잃어버린 지 오래에요. 제
가 이 세상에 남아 있는 것은 오직 어머니일지 때문입니다. 그런데 이
제 어머니일지를 위해 제가 할 일이 더는 없어 보이는 겁니다. 그래도
머물러야 하나요? 제가 아직 어머니일지를 위해 할 수 있는 일이 남
아 있나요? 혼란스럽습니다. 어서 이 상황이 정리가 되었으면 좋겠어
요. 사랑해요, 어머니.

　2014년 4월 25일 (오후 3시 50분)

　불효 천 올림

[시]

다른 건 몰라도

되고 싶지 않았던 것은
불효자
다른 건 몰라도 그것만은

하고 싶었던 것은
효도
다른 건 몰라도 그것만은

그러나
불효자가 되었다
효도하지 못하고

이럴 줄 알았다면
불효자가 되고 싶을 걸
효도하지 말자 할 걸

누군가에

마음을 들켜버렸다

인생의 심술꾼에게

2014. 4. 27

[편지]

어머니 전상서

사랑하는 어머니, 불효 천입니다. 편히 지내고 계신지요.

어머니, 오늘은 비가 오네요. 일요일이라 집에 있어요. 예전엔 일요일에도 쉬지 못하고 나가 일하는 저를 몹시도 안쓰러워하셨죠. 그래서 이렇게 일요일은 집에 있게 하시는군요. 어머니가 하시는 일임을 알아요.

어제 사무실 다녀왔어요. 사장을 만나 얘기하느라 조금 늦었어요. 그런데 사장의 얼굴을 보고 그의 이야기를 듣고 하는 것이 이 세상 같지가 않았어요. 사실 저는 엊그제 어머니 곁으로 갔습니다. 지금 여기 남아 있는 건 몸뿐이죠. 어머니, 항상 함께하고 계시죠? 언제나 오셔서 식사하시고 같이 다니시고 주무시고 하시죠? 변함없이 사랑해요, 어머니.

2014년 4월 27일 (오전 10시 06분)

불효 천 올림

밤이나 낮이나 나도 모르게 입에서 새어 나오는 소리, 어머니, 천이
는 어머니에게 갑니다… 그게 실성한 거라면 나는 백 번도 더 실성
했겠지. 어머니 떠나시고 육백 일이 넘는 동안 하루도 실성하지 않은
날이 있었겠느냐.

 2014. 4. 29

[편지]

어머니 전상서

사랑하는 어머니, 불효 천입니다. 오늘도 편히 지내고 계신지요.

어제는 오후에 나갔지만 비가 계속 와 일을 못했어요. 그리고 시장
에서 두부를 사 가지고 들고 오다 그만 손에서 놓쳐버렸어요. 봉지가
찢어져 살펴보는데 옆에서 장사하던 한 아주머니가 나름 싹싹하게도
새 봉지를 가져와 다시 일일이 담아 주었어요. 거기서 무얼 사지도
않았고 말 한 마디 건넨 적도 없는데 말이죠. 제가 꽤나 안돼 보였나
봐요. 아무 관련이 없는 사람에게 그러기가 쉽지 않은 일인데, 저는
고맙다는 인사도 제대로 못했어요. 그런 친절도 왠지 달갑지가 않았
어요. 그러지 말아 주었으면 했어요. 고마움도 모르는 사람이라고 했

겠죠.

요즘 이상한 꿈이 계속 꾸어지고 있어요. 전혀 생각지도 의도하지도 않은 일들이 꿈에 보여지고 있어요. 무얼 의미하는지 모르겠어요. 어젯밤에도 무언가 꿈을 꾸었지만, 기억나지 않습니다.

어머니일지 동생 하나 만들어 주면 좋겠다는 생각입니다. 제가 떠나도 형제가 있으면 외롭지 않고 낫겠죠. 하지만 이제 다시 무얼 시작하기에는 역부족이네요. 아수를 보기는 어려울 듯합니다.

비도 그칠 것이니, 점심 드시고 저희와 같이 다녀오세요. 사랑해요, 어머니.

2014년 4월 29일 (오전 9시 48분)

불효 천 올림

 2014. 5. 1

[편지]

어머니 전상서

사랑하는 어머니, 불효 천입니다. 오늘도 편히 지내고 계신지요.

지난밤에도 무언가 산란한 꿈이 이어졌지만, 기억나지 않습니다. 그리고 떨어지지 않는 몸을 겨우 달래 일으켜 또 원치 않는 하루를 시작하네요.

어머니는 제가 이렇게 살기를 바라세요? 천지 곳곳에 제 눈물이 뿌려지지 않은 곳이 없습니다. 일을 해도, 걸어 다녀도, 무엇을 해도, 안 해도, 어머니 생각뿐이에요. 어머니가 만일 유언을 남기셨다면, 제가 그 말씀을 어떻게 그냥 듣고 있었겠어요. 저는 도저히 그럴 수 없었을 겁니다.

오늘도 오후에 함께 다녀오세요. 사랑해요, 어머니.

2014년 5월 1일 (오전 10시 06분)

불효 천 올림

 2014. 5. 2

[편지]

어머니 전상서

사랑하는 어머니, 불효 천입니다. 오늘도 편히 지내고 계신지요.

어머니, 어제 지하철 안에서 제 엄마와 놀고 있는 아이를 보셨죠? 저도 어머니가 그렇게 안아주고 닦아주고 먹여주고 하셨겠죠? 그런 내 어머니시죠? 제가 찌찌를 너무 빨아먹어 찌찌 수술까지 하셨던 그 어머니시죠? 지금도 제 엄마와 즐겁게 놀고 있는 아이의 얼굴이 눈에 선합니다. 세상에서 제일 행복한 영혼 같았어요. 그를 바라보는 저는 세상에서 제일 불행해 보였어요.

어머니, 우리 집 가보 1호 되박은 제가 갈 때 가지고 갈게요. 어머니의 젊은 시절 한과 눈물이 서린 되박이죠. 어린 우리 네 남매를 외갓집에 데려다 놓으시고 홀로 운명과 사투를 벌이시던 그 되박이죠. 이후 반세기를 우리 곁에 머물며 어머니의 모진 인생과 저의 불효를 다 지켜본 되박을 어찌 그냥 두고 갈 수 있겠어요.

오늘은 혼자 다녀옵니다. 사랑해요, 어머니.

2014년 5월 2일 (오전 9시 21분)

불효 천 올림

 2014. 5. 4

[편지]

어머니 전상서

사랑하는 어머니, 불효 천입니다. 오늘도 편히 지내고 계신지요.

어머니, 어제 사무실 다녀오다 보니 꽃들이 많이 피었더군요. 저마다 환한 얼굴을 내밀고 웃고 있었어요. 올해는 꽃이 핀 줄도 몰랐네요. 하지만 저는 그저 무표정하게 바라볼 뿐이었어요. 꽃은 아름답지만, 그렇게 웃는 걸 보니 제 마음은 모르는 것 같았어요, 아름다운 걸 볼수록 무너져 내리는. 멀리 흰 구름이 점점이 떠 있는 파란 하늘에서 화사한 봄볕이 쏟아지고 있었어요. 어느샌가 온통 새 옷으로 갈아입은 나무들도 햇살을 받아 한껏 푸르름을 내뿜고 있었어요. 계절은 왜 이리도 꼬박꼬박 찾아오는지, 세상의 바뀌는 모든 것들이 야속했어요. 어머니 계신 곳에는 계절의 변화가 없다고 하셨죠? 사랑해요, 어머니.

2014년 5월 4일 (오전 9시 38분)

불효 천 올림

[시]

어느 친구에게

미안하구나
친하지도 않은데
부담을 주어

이해해 다오
부를 수밖에 없는
나를

안됐지만
너를 태워
먼 길을 가야 한다

그 붉은 몸으로
어머니에게
데려다 다오

돌아가신 지 스물한 달 / 1년 9개월

아침에 창문을 여니 바로 앞 전깃줄에 작은 새 한 마리가 앉았다
날아간다, 나를 보고 무어라 한 번 지저귀고.

[편지]

어머니 전상서

사랑하는 어머니, 불효 천입니다. 오늘도 편히 지내고 계신지요.

어머니, 어제는 종일 집에서 잠만 잤어요. 찾아보면 할 일은 있겠지
만, 아무 것도 하고 싶지 않았어요. 잠을 자면서도 온통 어머니 생각
뿐이었어요.

오늘이 입하이군요. 여름의 문턱으로 들어선다는 날이지만, 아직은
봄입니다. 어머니를 데려간 그 무서운 여름을 어찌 또 맞겠어요. 어린
이날이라 일을 쉬어요. 그냥 집에 있을 겁니다. 또 잠만 자겠죠. 꿈속
에서 어머니를 만날 수 있다면⋯ 사랑해요, 어머니.

2014년 5월 5일 (오전 10시 19분)

불효 천 올림

어머니가 오신 걸까. "애, 천이야!" 하는 음성을 들었어. 비록 순간이
었지만, 지금도 내 귀를 쟁쟁히 울리고 있어.

[편지]

어머니 전상서

사랑하는 어머니, 불효 천입니다. 오늘도 편히 지내고 계신지요.

어머니, 어제도 종일 잠만 잤어요. 잠을 자며, 아니 눈을 감고 누워 있으며 어머니 생각에 몹시도 괴로웠어요. 제가 얼마나 불효자인가를 확인하고 또 확인했어요. 그러다 절 부르시는 어머니 음성을 들었어요. 어머니, 저에게 오신 거에요? 그렇게 다녀가신 거에요? 그저 연체 동물처럼 쓰러져 자는 저를 보시고 또 얼마나 가슴이 아프셨어요.

어제가 5일이었지요. 어머니 돌아가신 지 1년 하고도 아홉 달 되는 날이었어요. 처음이네요, 우리에게 5일이 어떤 의미인지를 생각 못하기는. 하나는 진천 장날이죠. 어머니의 눈물과 청춘이 서려 있는 진천장, 아이들이 넷이나 되었으니, 홀로 남겨진 어머니가 선택하신 곳이었죠. 그 여린 몸으로 우리들을 거두시느라 당신의 청춘은 온데간데없으셨죠. 그때 차라리 우리들을 떠나셨다면, 더 현명한 길을 택하셨다면, 지금 제 가슴 속에 이렇듯 모진강의 깊은 골이 파이지는 않았을 것을요. 우리 가보 1호로 남아 있는 어머니 되박은 제가 꼭 가지고 가겠습니다. 그리고 하나는 어머니 떠나신 날이죠. 어머니가 저에게 치유할 수 없는 상처를 남기고 이 세상을 하직하신 날입니다. 그로부터 600일이 넘는 날들이 지나는 동안 저는 단 하루도 온전한 날이 없었어요. 이것이 실성한 것이라면, 저는 분명히 실성한 인간입니다. 어머니 안 계신 세상에서 어찌 제가 성한 모습일 수 있겠습니까. 저는 그저 한없이 나약한 인간의 영혼일 뿐인데, 신의 모습을 갖추라는 것은 제 운명을 여기까지로 정해놓는 일이지요. 5일은 제 생애 결코 잊혀질 수 없는 두 가지 의미를 담고 있는 날입니다.

저는 마음에 없는 행동은 못하는 인간입니다. 그건 어머니가 너무도 잘 아시지요? 어머니를 사랑했다면, 그런 모양새를 보였다면, 그건 제 진심입니다. 설사 어머니에게 가지 못한다 하더라도, 영원히 홀로 저세상 한 편을 떠돌더라도, 아니, 영혼조차 흔적 없이 사라진다 해도, 저는 어머니를 사랑할 것입니다.

오늘 부처님 오신 날, 사월 초파일이네요. 작년 초파일에는 불광사에 모시고 갔었는데, 가슴 아픈 기억이 남아 있는 그곳에 또 가보고 싶지 않아요. 예전에 초파일 날 어머니 모시고 조계사에도 놀러 갔었죠. 나오시다 근처 경복궁까지 다 돌아보셨죠…

오늘도 잠만 잘 것 같습니다. 사흘 내내 잠만 자는군요. 게으르다 탓하지 마시고, 꿈에 한 번 와 주세요. 사랑해요, 어머니.

2014년 5월 6일 (오전 11시 39분)

불효 천 올림

[편지]

어머니 전상서

보고 싶은 어머니, 불효 천입니다. 오늘도 편히 지내고 계신지요.

어머니, 어제 다 보고 계셨죠? 그래요, 어제는 미뤄 두었던 집안일을 좀 했어요. 일을 하려고 한 건 아니고, 잠이나 자려 했는데, 어떻게 그리 되었어요. 메모지도 만들어놓고, 변기에 청크린도 새로 넣었어요. 일을 하다 보니 기분이 조금 나아지는 것 같았어요.

그리고 어머니일지 후편을 조금 들여다보았어요. 아직 잘 모르겠어요. 제목도 母儘江으로 정해 보았는데, 이것이 정말 진행이 될지는 알 수 없어요. 모진강이 제대로 흐르기에는 너무도 멀어 보입니다.

연휴 지나고, 닷새 만에 일하러 갑니다. 함께 다녀오세요. 오셔서 점심 드시고 같이 나가시면 됩니다. 사랑해요, 어머니. 보고 싶어요.

2014년 5월 7일 (오전 9시 50분)

불효 천 올림

2014. 5. 8

어버이날

아침에 일어나 보니 지난밤 어머니 덮어 드린 이불 오른쪽이 조금 내려가 있음. 보름 만에 처음. 오늘 어버이날, 내가 몹시 괴로우니 어머니가 다녀가셨나.

[편지]

어머니 전상서

사랑하는 어머니, 불효 천입니다. 오늘도 편히 지내고 계신지요.

어머니, 오늘이 어버이날이네요. 어제 일하고 오다 카네이션을 사왔어요. 큰 것이 없어 작은 걸 사왔는데, 참 예쁘네요. 꼭 어머니를 닮았어요. 꽃을 다신 모습이 좋아 보이시네요. 사진 찍어 보내 드렸는데, 받아 보셨죠?

제 생애 가장 서러운 어버이날이군요. 이날이 오기 전에 어머니 곁으로 가고 싶었는데, 후회스러워요. 어머니 없이 맞는 어버이날이 처음도 아닌데, 왜 이리 더 견딜 수 없을까요. 제가 세상에서 제일 불행하게 느껴집니다. 어머니는 저의 유일한 친구이고, 동료이고, 인간이고, 유일한 어머니셨지요. 외로워 어떻게 더 머물겠어요. 이런 어버이날은 다시 맞고 싶지 않아요.

어제 저녁부터 머리가 아팠어요. 요즘 계속 징조가 있었는데, 어제도 나갈 때부터 집에 올 때까지 조화가 이어졌어요. 거기에 여러 생각과 일들이 겹쳐 제가 힘들었나 봐요. 머리도 아프지만, 가슴 속은 끝없이 흐느끼고 있었어요. 타이레놀 한 알 먹었으니 머리는 가라앉겠지만, 이미 쓸려 가 버린 가슴은 어떻게 해야 하나요.

더는 이 절망스런 아침을 맞을 수가 없네요. 더는 맞고 싶지 않은 아침에 몸을 일으켜 세울 수가 없어요. 한 번 더 어머니를 거역하는 불효를 저지르고 말 것 같습니다.

엊그제부터 어머니일지 후편 모진강을 보고 있어요. 원고를 읽다 보니 내가 어머니에게 이런 편지를 다 썼구나 하는 생각이 들더군요. 제가 쓴 글 같지가 않았어요. 누군가, 알 수 없는 힘이 작용한 것 같았어요. 신묘하게도 제 마음 그대로였어요. 다시 흐르는 눈물을 억제할 수 없었어요.

어머니를 제외한 삼라만상이 모두 한 방향을 가리키고 있어요. 어머니 계신 곳으로 가라 하네요. 하지만 저는 어머니 말씀을 듣고 싶어요.

어제는 두루마기를 입지 않으셨는데, 괜찮으셨죠? 시원하셨을 거에요. 오늘도 같이 다녀오세요. 어버이날, 꽃 다시고 나가보세요. 사랑해요, 어머니.

2014년 5월 8일 어버이날 (오전 11시 43분)

불효 천 올림

[시]

마지막 카네이션

카네이션
붉은 카네이션
더는

흰 카네이션은
싫어
결코

주인 없는
어버이날은
더욱

나는 그저
모진강에
마음을 실어

[시]

그것이 이미

어머니가
불과 여든둘에 떠나실 줄은
몰랐어

그것이 이미
그리도
가까이 와 있을 줄은

살쾡이 같으니
소리도 없이 뒤로 돌아
영혼을 훔쳐

신사도는
세상 어디에도
없더란 말이냐

147

[대화]

엄마, 오셨어요? - 오셨다고. 오늘도 편히 지내셨어요? - 그렇다고. 오늘 제 편지 받아 보셨죠? - 그렇다고. 꽃을 달고 찍으신 엄마 사진도 받으셨죠? - 그렇다고.

오늘 꽃 달고 저희와 함께 다녀오셨죠? - 그렇다고. 재미있으셨어요? - 그렇다고.

엄마, 주무세요. 저도 잘게요. 코 주무세요. - 그러신다고. 사랑해요, 엄마. - 엄마도 사랑하신다고.

 2014. 5. 9

해정이 쉰다섯 번째 생일

해정이 생일. 해정이와 함께 나도 어머니께 절을 올려 드렸다. 지난달 내 생일에 절도 못 드렸어. 어김없이 눈물이 주르르. 어머니는 변함없이 우리를 바라보고 계셨다. 좋으신 표정일까, 안쓰러운 표정일까.

[편지]

어머니 전상서

사랑하는 어머니, 불효 천입니다. 오늘도 편히 지내고 계신지요.

어머니, 오늘이 해정이 생일입니다. 55년 전 오늘 해정이를 낳으셨군요. 해정이와도 반세기를 함께하셨는데, 우리 떨어져 있은 지 벌써 600일이네요. 해정이 절 받으셨죠? 저도 지난달 제 생일에 못 드린 절 올려 드렸어요. 늦어 죄송해요.

오늘은 성남 모란장으로 갑니다. 진천장처럼 모란장은 유명한 5일장입니다. 오늘이 그 장날이에요. 모시고 갈 테니 오랜만에 장 구경 좀 하세요. 저도 장날 가 보는 건 처음입니다. 예전부터 한 번 가 보고 싶었던 모란 5일장이에요. 어머니 되박도 가져가니, 옛날 장사하시던 생각 나실 거에요.

어머니, 천이 사랑하시나요? 이 천하의 불효자를 아직도 사랑하시나요? 저는 어머니를 사랑합니다. 살아 계실 때보다 몇 배 더 사랑하게 되었어요. 이 몸과 영혼 마지막 한 점까지 바쳐 사랑합니다. 어차피 모두 어머니가 주신 거니까요. 사랑해요, 어머니.

2014년 5월 9일 해정이 생일 (오전 10시 00분)

불효 천 올림

 2014. 5. 10

[편지]

어머니 전상서

149

사랑하는 어머니, 불효 천입니다. 오늘도 편히 지내고 계신지요.

어머니, 어제 모란장에 다녀오셨죠? 사람들이 너무 많지요? 사람에 걸려 걷기도 힘들었어요. 여전히 쌀과 잡곡을 놓고 사고파는 사람들이 있군요. 거기 되박도 보이고요. 옛날 생각 나세요? 우리가 어렸을 때 어머니가 이 되박으로 싸장사를 하셨다고 해정이에게 말해 주었어요. 해정이도 무엇을 알고 있는 듯 고개를 끄덕였어요. 그렇게 우리를 키워 주셨죠. 어머니도 저도 해정이도 5일장에 가보기는 그때 이후 처음이 아닌가 합니다. 약 50년 만에 처음이자 마지막으로 우리 되박도 나들이를 했군요.

누군가 손수레를 밀며 마이크에 노래를 하면서 다니고 있었어요. 그냥 지나쳐 오다 노래를 하도 잘해 잠시 멈추어 지켜보니 좀 알려진 가수였어요. 어머니도 어제 다 보고 들으셨죠? 그 가수가 그렇게 시장을 돌며 자신의 음반을 팔고 있었어요. 그를 보니 왠지 서글픈 마음이 들었어요. 노래를 잘하고 음반을 내면 뭐 합니까.

꽤나 부담스러웠던 한 주가 지나갔어요. 어린이날, 부처님 오신 날, 어버이날, 해정이 생일에 모란 5일장까지, 이렇게 많은 날들이 같은 주에 몰려 있기도 드문 일이지요. 그리 한 것은 없지만 그래도 만만치 않은 일주일을 숨가쁘게 지나왔네요. 하지만 생각보다는 순조로웠어요. 그리고 이제 모든 것이 명백해졌어요. 어머니, 저는 영혼만으로도 함께할 수 있다는 걸 알아요. 제 육신은 가져가지 못하지만, 이 영혼만은 고이 어머니 곁으로 갈 겁니다. 사랑해요, 어머니.

2014년 5월 10일 (오전 10시 33분)

불효 천 올림

[시]

어머니에게 가면

어머니에게 가면
어머니를 만나면
한없이 울기만 할 것 같다

여쭤보고 싶은 것도
다 잊어버리고
눈물만 흘릴 것 같다

어머니는 나를
알아보실까
이 늙은 나를

모진강은 이제 그만
그래도 가슴 속은
넘쳐날 것 같다

151

영원지기

어머니에게 가겠습니다
왜냐구요
아들이니까요

다시 불효자가 될까
두렵지만
두 번이야 그러겠습니까

효자가 못 되어도
아들이 못 되어도
곁에 있고 싶어요

평생지기 종으로
영원지기 한 점으로
두어주세요

[시]

저편을 향해

가라 하네
나에게
어머니에게로

삼라만상이
한 곳을 가리키네
저편을 향해

오지 말라 하시네
아직
어머니만이

이번에도
내 선택은
불효

[편지]

어머니 전상서

사랑하는 어머니, 불효 천입니다. 오늘도 편히 지내고 계신지요.

어머니, 엊그제 시장에 나가보니 50년이 지난 지금까지 되박의 廣 자 표시가 그대로였어요. 놀라운 일이군요. 세월이 흘러도 변하지 않는 게 있다니 말입니다. 강산이 다섯 번 바뀌었는데, 어머니 되박의 표시와 지금 시장의 되박들 표시가 똑같았어요. 모두 어머니의 되박이고, 어머니를 보는 듯했어요. 어느덧 젊은 시절의 어머니가 그 시장 한 켠에서 자리를 잡고 앉아 장사를 하고 계셨어요. 바로 옆에 코흘리개 제 모습도 보이더군요.

어제 사무실 다녀왔어요. 토요일에 만나면 사장이 이야기를 많이 합니다. 어제도 한 시간 넘게 대화했어요. 대화라기보다는 제가 주로 듣는 편이죠. 자신의 이야기를 잘 들어 주니 좋은 듯합니다. 사장도 외로운 사람인 것 같아요. 조금 지루하기도 하고 편향적인 면도 있지만, 그래도 일주일에 한 번 정도는 이야기를 들어 주는 것이 고마움에 대한 도리라는 생각도 듭니다.

작년 오늘 지금의 사장을 처음 만났습니다. 그리고 이렇게 1년씩이나 일하게 될 줄은 몰랐어요. 그래서 그간의 모든 것이 가능했지요, 저의 삶도, 어머니일지도. 아마도 지금의 저에게 맞추어진 세상에 단

하나밖에 없는 일자리일 것입니다. 어머니가 아니고서는 불가능한 일이지요. 저는 알고 있습니다, 저를 이 세상에 붙잡아두시기 위해 어머니가 애쓰시고 계시다는 것을. 사랑해요, 어머니.

2014년 5월 11일 (오전 10시 45분)

불효 천 올림

 2014. 5. 12

새벽에 보니 지난밤 어머니 덮어 드린 이불 오른쪽이 조금 올라가 있음. 나흘 만의 움직임. 오른쪽이 지난 번엔 내려가고, 이번엔 올라가고… 나만큼이나 어머니도 힘드시는가.

[편지]

어머니 전상서

사랑하는 어머니, 불효 천입니다. 오늘도 편히 지내고 계신지요.

어머니, 되돌아보면 이 세상에서 어머니와의 즐거웠던 추억도 많이 있군요. 언제나 모자란 아들이었지만, 탓하지 않으시고 보듬어 주신 어머니시죠. 그러기에 저와 우리의 지난날이 존재하지 않나 합니다. 즐거웠던 추억조차도 이제는 거센 물살이 되어 가슴 속을 흐르고 있습니다.

어머니가 계신 곳이 천국이라면 저도 천국으로 가겠지요. 지옥에 계시다면 저도 지옥으로 갈 것이구요. 어머니가 사람이라면 저도 사람일 테고, 미물이라면 저도 미물이겠지요. 어머니가 동물이면 저도 동물이고, 식물이면 저도 식물이지요. 어머니가 한 떨기 들국화라면 저도 그 옆에 싹을 틔워 튼튼한 들국화로 쑥쑥 자라나 그늘을 만들어 드리겠습니다. 어머니는 더위를 많이 타시니까요.

어머니가 먼저 떠나시고 많은 날들이 지나갔어요. 이젠 상처가 너무 깊어 스치는 바람에도 몸부림칩니다. 이 악몽의 버스에서 내리고 싶어요. 사랑해요, 어머니.

2014년 5월 12일 (오전 10시 23분)

어머니의 영원한 아들 천 올림

[시]

운명의 시계

아쉬움은
없기

모두 운명의 시계에
맞추어져 있는 것

때가 되어
가는 것일 뿐

아무 생각지
않기

2014. 5. 13

[편지]

어머니 전상서

사랑하는 어머니, 불효 천입니다. 편히 지내고 계신지요.

오늘이 이 일을 시작한 지 꼭 1년 되는 날이군요. 작년 오늘 처음으로 어머니 모시고 해정이 데리고 우리 세 식구 같이 일을 나갔었죠. 오늘도 우리 같이 다녀와요. 오셔서 점심 드시고 함께 나가시면 됩니다. 사랑해요, 어머니.

2014년 5월 13일 (오전 9시 33분)

불효 천 올림

2014. 5. 14

[편지]

어머니 전상서

사랑하는 어머니, 불효 천입니다. 오늘도 편히 지내고 계신지요.

어머니, 어제 일하고 오다 병원에 들러 약을 지어왔어요. 약을 먹으니 속이 좀 나아지네요. 아마도 위경련이 일어났던 것 같아요.

어제가 여기서 일한 지 1년 되는 날이었어요. 한 군데에서 1년이나 일했다는 사실이 믿어지지 않습니다. 그동안 저희들과 참 많은 곳을 다니셨죠? 오늘도 같이 다녀오세요. 사랑해요, 어머니.

2014년 5월 14일 (오전 9시 08분)

불효 천 올림

2014. 5. 15

[편지]

어머니 전상서

사랑하는 어머니, 불효 천입니다. 오늘도 편히 지내고 계신지요.

어머니, 어제는 버거킹에 가시어 아이스크림을 다 드셨네요. 버거킹은 예전에 제가 독일 있을 때 아르바이트하던 곳이에요. 지금도 버거킹 앞을 지날 때면 그때 생각이 납니다.

어머니, 어제 제가 길에서 넘어져 많이 놀라셨죠? 정신이 오락가락하나 봐요, 빨간 신호등에 건너려 하질 않나. 저도 잘 모르겠어요.

저는 인간으로서의 모습을 잃어버렸어요. 저는 지금 인간이라기보다는 연체동물에 가깝습니다. 아무 것도 할 수 없어요, 그저 매일 무너져 내리는 일밖에는.

날이 벌써 더워요. 어제 민소매 런닝으로 갈아입었어요. 오늘도 같이 나가세요. 사랑해요, 어머니.

159

2014년 5월 15일 (오전 9시 38분)
불효 천 올림

[시]

필요 없어요

집이 필요 없어요
두고 어떻게 떠나나요

돈도
쓸 곳이 없네요

친구도
헤어져야 하니까요

곧 가야 합니다
어머니에게

[편지]

어머니 전상서

사랑하는 어머니, 불효 천입니다. 오늘도 편히 지내고 계신지요.

어머니, 오늘도 아침 전쟁을 치르고 다시 어머니 앞에 앉았습니다. 도저히 승리할 것 같지 않은 전쟁이 오늘도 무승부로 끝나나 봅니다. 이번 주는 참으로 힘든 한 주가 되고 있어요.

엊그제 길에서 넘어졌지만 큰 이상은 없어 보였어요. 어제 낮까지도 아무렇지 않았는데, 일 마치고 집에 오면서 갑자기 손목과 팔 어깨까지 다 아파 와 한의원에 갔었어요. 어머니도 보셨죠? 침 맞고 뜸 뜨고 물리치료까지 하느라 조금 늦었어요. 많이 나아졌으니, 염려하지 마세요.

제 미래는 불을 보듯 알 수 있어요. 무엇 하나 가진 것 없이, 어머니도 없이, 그냥 늙어가는, 흔히 볼 수 있는 빈곤층 노인 중의 하나가 되겠죠. 그러나 해마다 어머니일지를 한 권씩 낸다면 조금 다른 삶이 될 수도 있을 겁니다. 거기에서 인생의 의미를 찾을 수도 있겠죠. 그렇게 살아 보는 건 어떨까 생각도 해 보았어요. 하지만 이미 몸과 마음이 더 많은 세월과 조화를 감당하기에는 너무 쇠약해 있고, 어머니와도 그렇게 오래 떨어져 있을 수 없어요. 제가 더 늙어 거의 어머니 연세가 되면, 제가 갔을 때 어머니가 저를 어떻게 알아보시겠어요. 그래도 아직 떠나실 때의 모습이 남아 있을 때 어머니 곁으로 가야지요.

육신도 얼마 안 남은 것을 알고 있을까요? 그래서 여기저기 신호를 보내는 걸까요? 약을 먹어도 속이 좋아지지를 않네요. 이미 영혼에 의해 크게 흔들린 육신이 약을 몇 번 먹는다고 금방 제자리로 돌아오겠습니까. 오늘 일하고 오다 병원에 한 번 더 가보려 합니다. 같이 다녀오세요. 사랑해요, 어머니.

2014년 5월 16일 (오전 10시 06분)

불효 천 올림

2014. 5. 18

[지난밤의 꿈]

어머니를 자전거 뒤에 태우고 다니는 꿈.

2014. 5. 21

새벽에 보니 지난밤 어머니 덮어 드린 이불 오른쪽이 조금 밑으로 내려와 있음. 9일 만의 움직임.

2014. 5. 24

　어머니, 저는 평생 사치와는 거리가 멀었죠. 술 담배 도박 여자와
도 연이 없었죠. 세상의 쾌락과는 무관한 인간이었죠. 오직 가족뿐
이었습니다. 그런데 어머니를 데려갔어요, 제 전부인 어머니를… 도
대체 왜 나를 이 세상에 내어놓았을까요? 어머니만 온전히 남겨 주었
어도…

2014. 5. 25

[오늘 새벽의 꿈]
　큰 고목이 불에 탄 듯 검게 앙상해 짐. 그중 비교적 성하게 남아 있
던 한 줄기가 본체의 부실함을 견뎌내지 못하고 부러져 내림. 다행인
지 내가 있는 곳과는 다른 방향으로 떨어져 다치지는 않음.

　새벽에 닫힌 창문 밖으로부터 들려오는 제비 소리를 들음. 벌써 제
비가 온 듯. 분명히 제비 지저귀는 소리…
　아침에 "일어나자, 천이야."하는데, 내 입에서 나오는 목소리가 꼭 어
머니 음성처럼 들렸어.

[편지]

어머니 전상서

사랑하는 어머니, 불효 천입니다. 저 때문에 걱정이 많으실 것입니다. 저는 끝내 불효자의 숙명을 타고났나 봅니다.

어머니, 어제 처음으로 사무실에 가지 않았어요. 지난 1년간 여름이나 겨울이나, 추우나 더우나, 비가 오나 바람이 부나 토요일이면 갔었는데, 어제는 가지 않았습니다. 삼라만상도 제가 오지 않은 걸 알고 있겠죠. 그리고 왜 안 왔는지도 잘 알겠죠. 제 가슴 속 상처와 어머니 일지가 균형을 이루지 못하면 저는 이 세상에 더 머물지 못합니다.

평생 불효하고, 돌아가신 후 어머니일지 하나 남겨 드렸군요. 어머니일지가 어머니에게 얼마나 위안이 되셨는지 모르겠어요. 어머니의 모습과 우리 세 식구 이야기는 이 세상에 영원히 남을 거에요. 사랑해요, 어머니.

2014년 5월 25일 (오전 10시 59분)

어머니의 아들 불효 천 올림

어머니 떠나시고 벌써 600일이 훨씬 지났습니다. 그동안 저와 참 많은 대화를 나누셨죠? 살아 계실 어느 때보다 함께 많이 다니셨죠? 그리고 지금도 어머니일지 표지에 나오시어 세상 곳곳을 가보시고 많은 사람들을 만나 보고 계시죠? 그런대로 되시지 않으셨어요? 우리가 너무 오래 떨어져 있는 것도 좋지 않습니다.

2014. 5. 27

[편지]

어머니 전상서

보고 싶고 그리운 사랑하는 어머니, 불효 천입니다.

어머니, 결코 오지 않을 것으로 보이던 아침을 맞았군요. 밝아오는 창문이 두려웠어요. 언제나처럼 지난밤 어머니에게 가지 못한 것이 후회스러웠어요. 다시 일어나 바라보는 세상은 역시 그리 아름답지만은 않더군요.

어머니, 저는 어머니에게 불효하고 모든 것에서 실패한 듯이 보이지만, 저를 지극히 사랑하시는 어머니가 계시고, 그 어머니에게 갈 수 있으니 행복한 영혼입니다. 어느 성공한 누구도 부럽지 않아요. 다만 어머니께 불효하고 살아생전 편히 모시지 못한 것이 못내 가슴 아프지만, 이제 다시 만나면 그런 불효는 없을 것입니다.

오늘은 사무실에 다녀옵니다. 지난 토요일에 가지 못했으니, 오늘 가서 남은 이번 주 스티커를 가져와야지요. 사장에게는 연락을 해놓았습니다.

어머니, 돌아가시어서도 저로 인해 편하실 날이 없군요. 왜 저는 이 마음과는 달리 늘 어머니 마음을 아프게만 해 드릴까요. 그런 제가 저도 좋아 보이지 않습니다. 사랑해요, 어머니.

2014년 5월 27일 (오전 10시 23분)

어머니를 한없이 사랑하는 아들 천 올림

[부치지 못한 편지]

어머니 전상서

사랑하는 어머니, 불효 천입니다.

어머니, 어머니는 제 생각을 벌써 알고 계신지도 모르죠. 제가 무슨 말씀을 드리려 하는지 이미 알고 계시죠? 그래요, 저는 어머니 곁으로 가기로 했습니다. 어머니 곁에 있고 싶은 마음을 이젠 어찌할 수 없어요. 이 무너지는 가슴을 감당할 수 없어요. 오늘이라도… 어제가 이 세상에서 어머니를 모시고 나간 마지막 날이었군요.

오늘 아침 알람이 울릴 때 끔찍했어요. 다시 그 소리를 들을 수 없을 것 같아요. 어머니를 그렇게 데려간 것은 저도 이제 그만 오라는 뜻이지요. 어머니 없는 세상에 제가 있을 수 없다는 걸 알고 있을 테니까요. 연출을 거부할 수 있나요? 우리 이제 만나면 다시는 이 세상에 돌아오지 말아요. 또 헤어져야 할 테니까요. 육신이 없으면 어때요, 어디서든 우리 영원히 함께해요.

어머니, 참 좋은 날이네요. 어머니에게 가기 좋은 날인 것 같아요. 오랜만에 마음도 안정되구요. 오늘 밤 어머니에게로 출발합니다. 아들이 어머니 그리워 찾아가는 것이니 너무 탓하지 마세요. 제가 외갓집을 못 찾을지 모르니 어머니가 마중 나와 주시면 좋겠어요. 그럼 가서 뵙겠습니다. 사랑해요, 어머니.

2014년 5월 29일 (오후 4시 42분)
불효 천 올림

2014. 5. 30

어김없이 밀려오는 후회, 왜 어제 가지 못했을까, 정신을 차릴 수가 없다.

어머니, 사실은 어제 어머니에게 부치지 못한 편지가 있습니다. 내용은 모르셨으면 좋겠어요. 너무 가슴 아프실 테니까요.

[대화]

엄마, 오셨어요? – 오셨다고. 오늘 편히 지내셨어요? – 그렇다고.

엄마, 우리가 얘기할 수 있는 방법이 이것뿐인가요? – 아니라고. 그렇죠? 다른 방법도 있죠? – 그렇다고. 그래요, 꿈에 오셔서 저와 얘기하실 수도 있지요. 항상 이렇게 저만 말씀드려야 하나요? – 아니라고. 엄마가 말씀해 주실 수도 있죠? – 그렇다고. 그런데 요즘은 꿈에도 안 오시네요.

엄마는 저를 항상 보고 계시죠? – 그렇다고. 그런데 저는 왜 엄마가 안 보일까요? 그러니 언제나 엄마가 보고 싶지요. 저를 너무 내버려두지 마세요. 꿈에도 자주 오시고, 늘 엄마와 같이 있다는 느낌이 들게 해 주서야 합니다.

엄마, 어머니일지 하나로는 안 되시겠어요? - 그렇다고. 조금 부족하세요? - 그렇다고. 모진강을 내는 게 좋겠어요? - 그렇다고. 엄마가 좋으시다면 그렇게 해야죠. 제목은 모진강이 마음에 드세요? - 그렇다고. 그런데 잘 할 수 있을지 모르겠어요. 몸도 전 같지 않아요. 엄마 돌아가시고 이십 년은 더 늙은 것 같아요. 눈이며 치아도 다 부실해졌어요. 지난 한 주가 몇 년은 되는 것 같았어요.

엄마, 엄마, 엄마… 그냥 불러 보고 싶었어요…

엄마와 헤어지기 싫어요. 하지만 엄마도 주무셔야죠. 저도 자구요… 엄마, 이제 주무세요. 코 주무세요. - 그러신다고. 사랑해요, 엄마. - 엄마도 사랑하신다고.

 2014. 5. 31

[편지]

어머니 전상서

사랑하는 어머니, 불효 천입니다. 편히 지내고 계신지요.

어머니, 5월인데 날이 이렇게 더워요. 낮에 벌써 30도가 넘어요. 52년 만의 5월 더위라네요. 어머니 돌아가시던 해보다 더 더운가 봐요. 어제부터 나갈 때 반팔을 입어요. 날벌레가 있어 등잔도 켜기 시작했어요. 어머니가 계셨으면 벌써 컸을 텐데, 많이 늦었죠.

5월이 가네요. 탈도 많고 곡절도 많았던, 참으로 대단했던 5월이 꼬리를 감추려 하고 있어요. 제 생애 가장 힘겨웠던 5월이었나 봐요. 저의 마지막 5월이 되겠죠. 잘 가라고, 수고 많았다고 말해 주고 싶어요.

어머니, 저는 어머니에게 불효하였지만, 불효한 사람은 나름대로 또할 일이 있더군요. 그 소임을 겸허히 받아들여야죠. 결코 회피하거나오만해서는 안 되겠죠. 내일 이 세상을 떠난다 해도 오늘 할 일은 해야지요. 그것이 저의 오류였습니다. 피해 달아나려고만 했었죠. 제 할일은 하지 않고, 저의 잘못은 생각지 않고, 누구 탓, 무엇 탓만 했었죠. 어머니가 저를 이 세상에 두시려는 이유를 압니다. 사람을 만드시려는 거지요.

하지만 어머니, 제가 해결하지 못하는 것이 있습니다. 어머니에 대한 그리움입니다. 어머니가 그리울 때면, 어머니에 대한 추억이 떠오를 때면, 저는 어찌할 수 없어요. 문득문득 실성해버릴지도 모른다는, 아니, 사람이 이렇게 실성하는구나 하는 생각을 여러 번 하게 됩니다. 그것만은 제가 얼마나 견딜 수 있을지 모르겠어요. 제가 실성한다면 어머니에게 가지도 못하고 이 세상을 떠돌겠죠. 만일 실성하게 된다면, 그 전에 어머니에게 가야겠죠. 어머니 허락 없이도 떠나야겠죠. 그러니 저를 너무 내버려두지 마세요. 어떻게든 어머니와 함께 있다는 생각이 들게 해 주셔야 합니다.

이제는 조금만 신경이 쓰여도 속이 뒤엉키는 것 같아요. 약을 먹고 가라앉는 듯하더니, 어제부터 또 속이 좋지 않아요. 이따 병원에 가보아야겠어요. 이대로 계속 몸이 가라앉다가는 제 일을 제대로 할 수 있을지 모르겠어요.

어머니, 그래도 저는 행복합니다. 누구나 다 어머니와 헤어지지만, 저는 결코 어머니와 헤어지지 않죠. 세상에 저보다 행복한 영혼은 없을 겁니다. 어머니가 너무 그리워 실성하지만 않게 해주세요.

생활필수품도 한동안 사지를 않아 다 떨어져 어제 대략 사왔어요. 오늘은 토요일이라 사무실 다녀옵니다. 사장이 있으면 만나 또 이야기를 좀 나누겠죠. 그리고 다음 주 일할 스티커를 가져와야지요. 어쨌든 사장은 제게 고마운 사람입니다. 일찍 다녀오겠습니다. 사랑해요, 어머니.

2014년 5월 31일 (오전 10시 52분)

불효 천 올림

 2014. 6. 1

[편지]

어머니 전상서

사랑하는 어머니, 불효 천입니다. 편히 지내고 계신지요.

어머니, 맞고 싶지 않던 6월이네요. 이 세상의 일들은 지난 5월에 모두 마치고 싶었어요.

어제 사무실 다녀왔어요. 속이 워낙 좋지 않아 제대로 다녀올 수 있을지 자신이 없었는데, 다행히 큰 문제는 없었어요. 사장이 커다란 미제 할리 오토바이를 샀는데, 가격이 자그마치 5천만 원이라네요. 취미활동에 그만한 돈을 들일 수 있는 사장의 여유가 한 편 부럽기도 했어요. 한동안 오토바이 이야기를 나눈 후 사장이 오토바이로 큰길까지 데려다 주었어요. 그러지 않아도 된다 해도 굳이 한 번 타 보라네요. 사장을 만난 지 이제 1년이 지났는데, 제게는 참 좋은 사람이 더군요. 급여가 한 번도 밀린 적 없고, 매사 틀림없는 게, 나이도 그렇고, 저와 비슷한 면이 많이 있는 것 같아요. 저도 그렇게 대하니 서로에게 호감을 갖는가 봐요. 서로 도움을 주고 있는 것이죠. 제게 이런 경우는 아주 드문 일입니다. 지금의 저에게 꼭 맞는, 세상에 하나밖에 없는 일자리라고나 할까요? 어머니, 사장은 어머니가 소개하신 거죠? 그렇지 않다면 제 인생에 이런 만남이 있을 리 없습니다. 사장이 같이 오토바이 타고 가을에 한 번 교외로 놀러 나가자 하네요.

사무실에 다녀오다 참외를 사왔어요. 밖에 나가보면 시장이고 어디고 철철이 먹을 게 넘쳐나는데, 그간 한 번도 사 드리질 못했네요. 제 마음이 조금도 여유가 없었죠. 언제나 온 신경은 어머니에게 가는 데 맞추어져 있었죠. 심지어 설이나 어머니 생신에도 차례는 고사하고 간식 하나 구경 못하고 지나갔어요. 이런 불효가 또 어디 있겠어요. 집에 무언가 먹을 것이 들어오기는 몇 달 만이군요. 참외를 보고 있자니 마음이 아팠어요. 그동안 얼마나 드시고 싶은 게 많으셨어요. 아까 수저로 긁어 드렸죠? 오랜만에 참외 맛있게 드셨어요?

어제 병원에 가서 약을 지어다 먹고 속이 조금 나아졌어요. 이제 툭하면 탈이 나네요. 아무리 그래도 속은 괜찮았는데, 이제 견디지 못하나 봐요. 그렇겠죠. 어머니 떠나시고 600일이 넘는 날들을 이 세상과 저세상의 중간에 걸쳐 있었으니, 속인들 온전하겠어요? 오래 버텨 주었죠. 모두가 어머니가 주신 것들인데, 이 몸에도 미안하고, 이 영혼에도 참으로 미안하군요. 어쩌다 저 같은 주인을 만나 이 고생인지, 제가 볼 낯이 없군요. 조만간 한 쪽으로 자리를 잡겠죠.

오늘은 일요일이라 집에 있습니다. 집에서 쉬고 있자니 어머니 생각이 더 간절하군요. 아니요, 사실은 그렇지 않습니다. 어머니 생각은 때와 장소가 바뀐다고 달라지지 않더군요. 집에 있어도 밖에 나가도, 일을 하며 걸어 다녀도 쉬고 있어도, 깨어 있어도 자고 있어도, 무엇을 해도 안 해도, 어머니 생각은 한시도 저를 떠나지 않아요. 목욕을 하면서도 지나간 불효가 떠올랐어요. 갑자기 허리에 통증이 찾아와 힘들었어요. 어머니, 이 세상 어디에 이 영혼을 편히 뉘일 곳이 있겠어요. 사랑해요, 어머니.

2014년 6월 1일 (오후 4시 51분)

불효 천 올림

 2014. 6. 2

어머니 전상서

사랑하는 어머니, 불효 천입니다. 편히 지내고 계신지요.

어머니, 오늘도 여느 아침과 크게 다르지 않았어요. 어렵게 일어나 세수하고 아침 먹고, 이렇게 어머니 앞에 앉았어요. 비가 오려는지 하늘이 잔뜩 흐려 있네요. 모진강은 여전히 넘치지만, 마음은 의외로 차분해집니다.

오늘도 오후에 나가 일하고 옵니다. 어머니도 같이 가세요. 오시어 점심 드시고 같이 다녀오세요. 사랑해요, 어머니.

2014년 6월 2일 (오전 9시 24분)

불효 천 올림

 2014. 6. 4

[시]

낮과 밤

낮과 밤은
왜 찾아오는 것일까

새벽은 왜 날마다 기어들어
가슴을 후벼파는 것일까

어머니는
지난밤에도 오시지 않으셨다

해가 뜨고 지고
하루쯤 멈추었으면

2014. 6. 5

돌아가신 지 스물두 달 / 1년 10개월

[편지]

어머니 전상서

사랑하는 어머니, 불효 천입니다. 편히 지내고 계신지요.

어머니, 사흘 만에 편지를 드리는군요. 그동안 대화에도 못 나갔습니다. 매일 와 기다리셨지요?

오늘이 어머니 돌아가신 지 1년 하고도 열 달 되는 날이네요. 두 달 후면 2년이군요. 하지만 그 가슴 아픈 날을 제가 맞게 될지는, 모르겠어요. 생각보다 멀리 왔어요.

어머니 돌아가신 걸 생각하면 너무도 가슴 아파 견딜 수가 없어요. 지나간 저의 불효가 엄습할 때면 정신을 차릴 수가 없습니다. 저는 이미 종종 실성한 사람이 되는지도 모르죠. 그 경계를 지금 위험하게 넘나들고 있는지도요. 아직은 그래도 정상일 때가 많습니다. 그런데 제가 요즘 병원엘 자주 갑니다. 속이 늘 좋지 않고, 이런저런 탈이 많이 나네요.

하지만 어머니, 저는 결코 실성하지는 않을 겁니다. 염려 마세요. 어머니 그립다고 실성한다면, 이 세상에 실성하지 않을 사람이 없겠죠. 아니, 저는 이미 실성했는지도 모르죠. 제가 온전하다는 증거를 찾기 어렵습니다. 그렇지만 절대 거리를 배회하거나 지나가는 아무나 보고 헤죽헤죽 웃어대는 일은 없을 겁니다. 안심하서도 됩니다.

어제도 같이 일하고 오셨죠? 어제는 일이 그리 많지는 않았으나 시간도 많이 걸리고 꽤 힘들었어요. 어쩐지 이 세상 일들이 점점 저에게서 멀어지는 느낌입니다. 어머니, 편지 자주 못 드리고 대화에 나가지 않아도 너무 서운해하지 마세요. 저는 나름대로 온 힘을 다하고 있습니다. 정 힘들고 못 견디면 어머니를 찾겠습니다. 그러니 어머니도 미리 와 기다리지 마세요.

어머니, 오늘도 모시고 갈게요. 오셔서 점심 드시고 함께 나가세요. 사랑해요, 어머니.

2014년 6월 5일 (오전 9시 50분)

불효 천 올림

어머니는 나를 잘못 키우셨어. 그저 사랑으로만 키우셨어. 때로는 매를 드시고 맴매를 하셔야 하는데, 그러지를 않으셨어. 그러니 내가 이렇게 방자하고, 천하의 불효자가 된 거야. 하지만 어쩌겠어, 어머니가 가지신 건 사랑뿐이니…

[시]

사랑도 미움도

사랑도 미움도
모두 같은 건가 봐

사랑할 때는 눈물이
미워할 때는 더한 눈물이

어머니는 어느새
저편으로 건너가셨다

사랑과 미움의 경계가
모호한 곳으로

[시]

죽어서 가야 해

어머니에게 가야 해
살아서는 갈 수 없으니
죽어서 가야 해

덧칠하고 싶지 않아
어머니와 함께한
우리 인생을

꿈이었다면
이제 깨어난 것이라면
다시 잠들고 싶어

어디에도 안 계시다면
사라진 것이라면
나도 사라지고 싶어

보상

보상이 있을 줄 알았어
어머니에게는

평생 고생하셨으니
안 늙으실 줄

내 곁에
더 오래 계실 줄

공평한 줄 알았어
이 세상은

어머니, 제가 알레르기성 비염에 걸렸다네요. 생전 한 번 보지도 못
하던 것들이 잘들 알고 찾아오네요. 원인을 보니 그럴 수밖에 없더군
요. 통 집안 청소도 안 하고 세탁도 제대로 안 하니, 그 먼지가 다 어
디로 가겠어요. 요즘은 병원과 약국을 출근하다시피 하는군요. 내과
에 치과에 안과에 이비인후과에, 거기에 한의원까지… 종류도 다양해
요. 정신과만 빠져 있네요. 어머니 떠나신 이후 정상적인 생활양식이

무너진 여파가 이제 나타나는 것이죠.

2014. 6. 12

어머니, 오늘 가락시장으로 일하러 갔다 토마토가 싸서 사왔어요. 알도 굵고, 시중가의 절반도 안 되네요. 아까 어머니도 드셔 보셨죠? 저도 오랜만에 하나 먹어 보았는데, 맛있기는 하나, 이젠 저도 치아가 부실해 그런 것도 못 먹겠어요. 벌써 이런 말씀을 드리니, 어머니께 죄송하네요.

2014. 6. 14

모진강은 내야 할 것 같다. 모르겠어, 욕심인지는. 어머니가 원하시니까. 그리고 메시지는 남겨야지. 여기까지 왔으니, 썩 내키지는 않지만 해야 할 것 같다. 여름이 오는 것이 문제…

2014. 6. 15

[편지]

어머니 전상서

사랑하는 어머니, 불효 천입니다. 편히 지내고 계신지요.

어머니, 열흘 만에 편지를 드리는군요. 사실은 지금 몸이 좋지 않습니다. 한 달 전부터 갑자기 더 안 좋아지기 시작하더니, 이제는 성할 틈이 없네요. 병원을 내 집 드나들 듯하고 있어요. 어머니에게 불효하고 어머니 말씀을 안 들으니 벌을 받나 봅니다. 어쩌면 어머니가 내리시는 벌인지도 모르죠. 살아생전 벌 한 번 주시지 않으셨는데, 어머니가 내리시는 벌이라면 이마저도 저에게는 소중하군요.

어머니, 제가 어머니 사랑하는 거 아시죠? 언제나 현실은 반대로 주어졌지만, 제 마음은 더없이 어머니를 사랑하고, 그래서 더 안타까웠다는 걸 어머니도 아시죠? 그러니 저를 다시 곁에 두시리라 믿습니다. 이 세상보다 더한 다른 세상이 온다 해도 저는 이미 다시 함께할 준비가 되어 있습니다. 어머니도 그러하시죠? 저와 같은 생각이시죠? 그런 저의 어머니시죠?

어머니, 우리가 다시 만날 수 있다면 다 버리겠습니다. 어머니 아들의 DNA로 가득 차 있는 이 영혼만을 고이 간직하여 어머니에게 가겠습니다. 우리는 어디서든 영원한 모자지간이지요.

어머니일지 동생 하나 만들어 주면 어떨까 합니다. 바로 어머니일지 후편인 모진강을 세상에 내는 거죠. 그런데 제가 이걸 하겠습니까? 그러려면 또 수많은 과정을 거쳐야 하는데, 지금의 제가 감당할 수 있겠습니까? 이러다 점점 더 어머니 곁으로 가기가 어려워지는 건 아닌가요? 어머니에게 여쭤보고 싶어요. 어머니, 제가 모진강을 낼 수 있을까요? 어머니 손주가 아수를 볼 수 있겠어요?

어제 사무실 다녀왔어요. 사장이 저에게 유유자적한다 하더군요. 그 사람에게는 제가 그리 보였는가 보죠. 그리 보아주니 고마운 건가요? 속은 타들어가 재만 남았는데, 사람의 거죽 안은 정말 들여다보기가 어려운가 봐요. 제가 볼 때 유유자적하는 사람은 사장인 듯합니다.

속이 안 좋아서 오늘 점심은 물김치하고만 먹었어요. 그래도 어제부터 약을 바꾸어 먹었더니 조금 나아지네요. 그런데 오늘은 다시 콧물이 쉴 새 없이 나오는군요. 제가 알레르기성 비염이라네요. 참으로 여러 가지도 찾아옵니다.

어머니, 저는 지금 살아도 살아 있는 영혼이 아닙니다. 제 영혼이 살기 위해서는 어머니 곁으로 가야 합니다. 제 영혼 한 점이라도, 그건 어머니 것입니다. 저에 대한 소유권은 어머니에게 있습니다. 제가 어머니에게 간다면, 저를 원주인에게 돌려드리는 것이죠. 어머니와 헤어진 지도 이제 2년이 다 되어 가네요. 그동안 실개천 같았던 눈물은 어느덧 거대한 모진강을 이루었고, 그 모진강이 흐르고 흘러 제 가슴속에 파인 계곡은 그랜드캐니언만큼이나 커졌습니다. 이제는 회복 불능 쪽으로 가닥을 잡아 새로운 여정을 준비하고 있어요. 지금도 아름다운 음악을 듣곤 하면 간혹 마음이 설레기도 하지만, 잠시일 뿐입니다. 다 잊었어요. 제가 잊어버리지 못할 건 없더군요. 어머니 얼굴만 기억하면 됩니다. 이 세상의 희로애락은 멀리 사라졌어요. 그 모두를 합친 만큼 슬픔만이 남아 있어요. 아마도 제가 가지고 가야 할 것이 겠지요.

엊그제 길을 가다 보니 어느 음식점 앞에 비빔국수라고 써 있더군요. 비빔국수… 이제는 먹어 볼 수 없는 음식이 되어버렸죠. 어머니가 해 주시던 비빔국수를 어디 가서 먹어 보겠어요. 어머니, 제가 가면 비빔국수 맛있게 해 주실 거죠? 사랑해요, 어머니.

2014년 6월 15일 (오후 5시 17분)

불효 천 올림

 2014. 6. 17

D-10

지난밤 산란한 꿈이 이어지더니, 아침에 일어나 보니 어머니 덮어 드린 이불 오른쪽이 밑으로 꽤 많이 내려와 있음. 위 중앙부도 내려와 동정의 겹치는 부분이 드러나 있음. 어젯밤 잠자리에 들며 인사드릴 때 이불을 분명히 확인했고, 자면서 한 번 일어난 적도 없고, 문을 모두 닫고 잤으니 바람 한 점 가지 않았어. 27일만의 변화. 내가 걱정되시어 오셨나. 어제는 어머니에게 가고 싶은 마음밖에는 없었어.

창문에 모기장 치라고 다니는구나. 어김없이 여름이 오는 모양이군. 나와 인연이 있는 여름일까?

2014. 6. 18

D-9

어머니, 오늘 가락시장엘 갔었어요. 건어물시장을 다니다 보니, 마른 북어가 많이 눈에 띄더군요. 코끝을 자극하는 건어물의 냄새가 아련한 옛 추억을 떠올리게 했어요. 북어포도 있었어요. 예전에 어머니가 일일이 모두 손으로 다듬으시어 해 주시던 것이죠. 눈물이 났어요. 이제는 먹어 볼 수 없는 것들이죠. 먹어 보지는 못한다 하더라도, 어머니가 계셨으면 좋겠어요. 어머니, 어디 가면 어머니를 만날 수 있나요? 어떻게 하면 갈 수 있지요? 알려주세요, 어머니.

2014. 6. 19

D-8

잠시 후에 뭐가 기다리고 있는지, 알 수 없다.

2014. 6. 20

D-7

새벽에 보니 지난밤 어머니 덮어 드린 이불 오른쪽이 밑으로 꺾여
내려와 있음. 위 중앙부도 따라 내려와 동정의 겹치는 부분이 많이
드러나 있음. 왼쪽의 움직임은 전혀 없음. 정확히 오른쪽 절반만 움직
인 형태로, 거의 기역자에 가까운 모습. 손으로 그렇게 한다 해도 한
손으로는 어려워. 두 손으로도 쉽지 않아 보임. 이불이 그리 움직일
만한 작용이 전혀 없었음. 이 세상에서는 일어날 수 없는 일… 지난
17일 약 한 달 만에 얼마간의 움직임이 있은 후 사흘 만에 펼쳐진 믿
기 어려운 광경. 어머니가 나로 인해 많이 괴로우신가? 내게 하실 말
씀이 있으시어 이렇게 메시지를 전하시는 것인가? 5시 20분 경 다시
잘 덮어 드림.

2014. 6. 21

D-6

어머니, 오늘이 일 년 중 낮이 제일 길다는 하지군요. 그렇지만 날씨는 오히려 지난달보다 덥지 않습니다. 지난달에 반세기 만의 5월 더위가 찾아왔다지만, 6월은 예년보다 덜 더운 것 같아요. 하지만 이제 본격적인 여름이 시작되겠죠. 계절이 어디 가겠습니까. 제가 그 대단한 여름을 맞을지는 곧 알게 됩니다. 어머니에게 편지도 못 드리고 있습니다. 대화에 나간 지도 오래 되었군요. 그래서 어제 새벽에는 답답하시어 이불을 차내셨나요? 제가 적지 않이 놀랐습니다. 그런 형상은 처음이거든요. 죄송합니다. 제가 지금 마음의 여유가 조금도 없군요. 이해해 주세요. 조금만 기다리시면 곧 소식을 전할 수 있을 것입니다. 어떤 결정이든 불효자의 숙명으로 받아들일 것입니다.

오늘 사무실 다녀왔어요. 그동안 수없이 다녀본 길이지만, 모두가 새로웠어요. 그런데 사장이 없어 스티커만 가지고 왔어요. 오토바이도 없는 걸 보니, 타고 나간 모양이지요. 오토바이 타는 재미에 푹 빠졌나 봐요. 그런 것이 세상 사는 낙 아니겠습니까. 마지막일지 모르는데, 만나질 못했군요.

 2014. 6. 22

D-5

D-4

오후에 일찍 스티커를 챙겨 나갔으나 계속 비가 와 일을 하기 어려웠다. 근처 GS빌딩에 들어가 벤치에 앉아 비 그치기를 기다리고 있는데, 앞의 에스컬레이터를 오르내리는 많은 사람들을 보니, 모두 동료들과 잘 어울리며 여유 있는 모습들이다. 어쩌면 이것이 세상인지도 모르지. 그렇다면 나는 비겁하게도 세상을 피해 있었나? 어머니는 그런 부실한 나를 믿고 이 세상을 사신 걸까? 나는 그렇다 치더라도, 어머니는 왜? 어머니에게 무슨 죄가 있다고… 어머니는 나를 사랑하신 죄밖에 없어. 언젠가 지나던 바람이 말해 주었지, 어머니가 내 업을 짊어지셨다고, 내 불효를 모두 안고 가신 거라고. 어머니는 그렇게 나를 구하셨어, 그냥 두어서는 안 되겠다고. 그렇지만 나는 어머니 곁에 있어 드려야 해, 어머니도 나 없이는 안 되시니까. 아니, 이것은 오히려 핑계인지 모르지. 나는 천생 엄마 찌찌나 먹고 있어야 되는 아기인지도… 어머니 생각에 내 눈의 눈물도, 가슴 속 모진강도, 내리는 빗물도 멈출 줄을 모른다.

D-3

어머니, 며칠째 편지를 못 드리고 있습니다. 대화에도 못 나가구요. 사실 어머니께 보고드릴 일은 있습니다. 어제 출판사로부터 하나의 소식을 접했거든요. 저는 잘 모르겠어요. 어머니께 상의드리고 싶습니다. 궁금하셔도 조금만 기다려 주세요.

전에는 식사가 늦으면 그냥 배가 고팠지, 지치지는 않았어. 그런데 지금은 아무리 늦어도 배가 고프지 않아, 그냥 지칠 뿐. 한 달 간의 위경련 증세 이후 무언가 속에 변화가 있는 듯.

[시]

가야지요

정 기회를 놓치기 싫으면
가야지요

정 여름을 맞을 수 없다면
가야지요

정 불효를 씻기 어려우면
가야지요

정 어머니에게 가고 싶으면
가야지요

2014. 6. 25

D-2

어제는 일도 너무 힘들고 피곤해 일찍 잤다. 밤새 한 번도 안 일어나고 그냥 잤다. 그런데 푹 잔 것 같지는 않다. 또 무슨 꿈인가를 꾸었는데, 생각나지 않는다. 좋은 꿈은 아니야.

이젠 어머니 곁으로 가야 할 것 같다. 어머니일지 하나만으로도 고마운 일이지. 모진강은 욕심인 듯하다.

어머니, 오늘은 어머니에게 편지도 드리고 모진강도 들여다볼 생각이었는데, 그러질 못하는군요. 다리도 아프고 심신이 모두 지쳤지만, 그래도 일찌감치 밖에 나가 일이나 하는 게 낫겠습니다. 너무 어지럽고 고통스러워 집에 있어서는 아무 것도 못할 것 같아요. 지금의 제 마음을 말로 표현할 수 없네요. 어쩌면 오늘 나갔다 못 돌아올지도 모른다는 생각마저 듭니다. 그래도 나가야겠어요. 거리에서 최후를 맞는다 해도, 나가보아야겠어요. 어머니, 이 못난 아들을 이해해 주세요.

어머니는 이 세상에서 즐거움이란 것을 느껴보지 못하시고, 보람이란 것을 가져보지 못하시고 떠나셨어. 평생 당신 자신은 없으셨어. 나더러 어떻게 살라고… 왜? 어머니는 그러셔야 했을까, 내 어머니가? 어머니에게 이 세상은 무엇이었을까? 또 내게는? 분명한 것은, 어머니와 나의 세상은 같은 것이야.

어머니는 나를 위해 살아 주셨어. 나를 보고 사셨어.

 2014. 6. 26

D-1

어제도 힘들었지만, 그래도 나은 하루였다. 일을 나가며 어쩌면 돌아오지 못할지도 모른다는 생각까지 들었는데, 무사히 집에 올 수 있었다. 그런데 어제도 한 번의 무단횡단이 있었다. 거리가 좀 멀기는 하나 자동차가 빠른 속도로 달려오고 있었고, 잘 건넜다기는 하나 그건 내 생각일 뿐, 반대편에서도 같은 상황이었다면 사고를 피하지 못할 수도 있었다. 사고와 무관하게 무단횡단이 있어서는 안돼. 그로 인해 정말 집에 못 올 수도 있었던 것이다. 나를 한 번 봐줬다고나 할까. 길에서도 인생에서도 무단횡단은 안된다.

고맙게 생각한다, 마지막 1년은. 많은 것을 경험하고 갈 수 있게 해주었다. 어머니일지 외에는 아무 것도 남기지 않고 가게 해 주어 더욱 고맙다. 가자, 어머니에게로!

[편지]

어머니 전상서

사랑하는 어머니, 불효 천입니다. 편히 지내고 계신지요. 이렇게 여쭤보기가 두렵군요. 저 때문에 잠시도 편치 못하실 것입니다. 편지를 드린 지도 열하루나 지났네요. 하지만 다 보고 계셨겠죠. 그리고 알고 계시죠, 천이가 무슨 일로 저리도 괴로워하는지. 어머니에 대한 불효를 다 가지고서는 저는 한시도 존재할 길이 없어 보입니다.

어제 일하며 다니다 보니 날지 못하는 새가 한 마리 있더군요. 날개를 다쳤는지 그냥 통통 튀어 다니기만 하며 길에서 모이를 쪼아먹고 있었어요. 작은 새가 너무 안돼 보였어요. 꾀죄죄한 모습이 저를 닮았더군요. 너무 가엾어 가방에 넣어 데려오고 싶었지만, 제가 데려오면 죽을 것 같았어요. 그런데 그냥 두어도 얼마나 가겠어요, 새가 날지를 못하니. 사진이라도 찍어 두려고 휴대폰을 가져가니, 통통 튀어 도망가더군요. 그 모습을 뒤돌아서 오는데, 내내 마음이 아팠어요. 어머니, 혹시 그 작은 새가 어머니 아니세요? 어쩐지 그런 생각이 자꾸 들었어요. 그래서 마음이 더 아픈가 봐요. 어머니, 그 새는 어찌 되었을까요. 아직 무탈한가요? 어머니는 알고 계시죠?

어머니, 저는 줄곧 생각해 보았어요. 어제도 힘들게 일하며 다니면서도 내내 생각하였어요. 그리고 하나의 결론에 도달하였습니다. 제가 천하의 불효자이긴 하나, 제가 불효를 행한 건 제 뜻이 아니라는 것입니다. 그건 어머니를 믿고, 저를 믿기 때문입니다. 우리는 더할 수 없는 모자의 인연이죠. 더없이 사랑했지요. 시샘을 받은 겁니다. 알 수 없는 누군가의 무언가의 질투심을 유발한 것이죠. 저로 하여금 불효토록 하여 서로를 힘들게 하고 의심토록 하려는 의도이지요. 그리고 지금 그 의심의 실행단계를 흥미롭게 지켜보고 있을 겁니다. 그러나 저는 의심치 않습니다, 어머니도, 저도. 인간의 영혼으로 어쩔 수 없이 휘둘리긴 했으나, 믿음만은 결코 흔들리지 않을 것입니다. 어머니, 어머니도 저와 같은 마음이시죠? 그렇지만 저는 제 소임을 마치면 지체 없이 어머니에게 갈 것입니다. 그것이 내일일 수도… 가서 어머니에게 불효한 벌을 받겠습니다. 저의 뜻이 아니었다고는 하나, 책임마저 회피할 생각은 없습니다. 그리고 이미 어머니가 떠나신 세상에 저 또한 머물고 싶지 않습니다. 우리와는 인연이 지난 세상이니까요.

어머니, 어머니일지 동생이 생길 수도 있겠어요. 출판사에 모진강의 출간을 문의하였는데, 회신이 왔군요. 제 의향대로 해 준다네요. 어머니는 어떠세요. 모진강을 내는 게 낫겠어요? 모진강을 내려면 여름을 나야 하는데요… 어머니를 데려간 그 무서운 여름을 또 맞아야 하나요? 제가 그 여름을 맞을 수 있겠어요? 과연 지금의 제 몸과 마음이 버텨낼 수 있을까요? 저는 이제 선택을 해야 합니다, 모진강을 내고 여름을 나든지, 내일 어머니에게 가든지. 어머니는 어느 쪽이세요? 제가 어떤 결정을 내리기를 원하세요?

어머니, 저는 어머니에게 저의 일부만 드리지 않았어요. 비록 평생 제 곁에 계시며 고생하셨지만, 저의 전부를 가지셨어요. 앞으로도 영원히 저의 모두를 곁에 두실 겁니다. 한 달 이상 저를 더 힘들게 하던 위경련도 이제 많이 가라앉았어요. 콧물도 요즘은 그리 심하지 않아요. 어젯밤에도 산란한 꿈이 이어졌어요. 분명히 저에게 무언가를 물어보는 것이었어요. 저도 분명히 대답했어요, 나의 주인은 어머니 한

분이시라고. 사랑해요, 어머니.

2014년 6월 26일 (오후 3시 47분)

불효 천 올림

2014. 6. 27

D-0

내 운명을 여기까지로 본다. 그렇지 않다면 내게 그리고 어머니에게 이러한 인생이 주어질 리 없어. 이 세상에서의 인연이 그뿐이었던 것이다. 저세상에서의 인연을 남겨둔 것이지. 다 싫다, 가서 어머니를 만나고 싶은 마음뿐. 오늘은 도저히 아침을 먹을 수 없을 것 같았다. TV에 의지해 겨우 먹었다. 그리고 속이 다시 요동을 쳤다. 이제 그만하고 싶어. 그런데…

내 할 일이 더 남아 있는 걸까? 아직 그걸 모르겠는 거야. 그래서 아침부터 이렇게 무너지고 있는 거야.

인간은 어떠해도 가는 거야. 잘 살아도 못 살아도 모두가 착각일 뿐. 이 세상에 온 것부터가 그리 좋은 것은 아니야. 나는 하나의 인연을 얻은 거야, 이 세상을 지나 저세상으로 이어지는 어머니와의 인연을. 절대 소멸하지 않는 가장 소중한 것을 가진 거야. 언젠가는 어머니에게 갈 것이다. 내가 조급해하지 않아도 때가 되면 나를 데려다줄 것이다. 할 일을 하며 기다리면 돼. 내가 부족해 불효하였으나, 내 진심을 드렸으니 어머니는 나를 용서하실 것이다. 용서하지 않으셔도 모두 드릴 것이다, 내 모든 것이 어머니가 주신 것이니까. 내가 꼭 실패만 한 건 아니야. 내 최고의 성공은 어머니와의 인연이야.

오늘이 전환점이 될 것이다…

새가 우는구나. 밖을 내다보자 푸드득 날아오른다, 마치 나를 한번 쳐다보고 나 이렇게 잘 날아요 하는 듯. 혹시 그 새가 아닐까?

지금이 때는 아닌 듯하다. 아직 할 일이 남았어. 그러나 내 몸과 마음이 견뎌줄까? 내게 최면을 걸어야 해. 내 불효를 모두 안고서는 더는 나아갈 수 없어. 일시 이 짐을 내려놓아야 해.

[대화]

엄마, 와 계시죠? – 그렇다고. 어제 제 편지 받아 보셨죠? – 그렇다고. 제가 드린 말씀이 모두 맞지요? – 그렇다고.

엄마, 어머니일지 동생이 보고 싶으세요? – 그렇다고. 모진강을 내는 게 좋겠어요? – 그렇다고. 제가 그걸 할 수 있을까요? – 그렇다고. 제 몸과 마음이 버텨 줄까요? – 그렇다고…

알았어요, 엄마. 이제 가서서 좀 쉬세요. 사랑해요, 엄마. – 엄마도 사랑하신다고.

패배자로 갈 순 없어. 못 견뎌 쫓기듯 가서는 안돼. 그럼 가서도 어머니를 모실 수 없어, 또 불효자가 되어야 해. 소임을 다하고 승리해야 해, 그러면 어머니도 환하게 웃으실 거야.

모진강을 내기로 했다.

[대화]

엄마, 오셨어요? - 오셨다고.

엄마 말씀 듣기로 했어요. 모진강 내 드릴게요. 염려 마세요, 엄마.

엄마, 주무세요. 저도 잘게요. 코 주무세요. - 그러신다고. 사랑해요, 엄마. - 엄마도 사랑하신다고.

경전을 완성하겠다.

 2014. 6. 28

[편지]

어머니 전상서

사랑하는 어머니, 불효 천입니다. 편히 지내고 계신지요.

어머니, 알고 계셨지요? 그래서 종일 집에 오시어 안절부절이셨지요? 어제가 예정일이었어요. 어머니 곁으로 가려 하였습니다. 그러나 지금 이렇게 편지를 드리고 있군요. 어제 대화에서 어머니 뜻을 확인하였습니다. 모진강을 출간토록 하겠습니다. 어머니 작은손주 안겨 드리겠어요. 제 몸과 마음이 많이 지쳐 있습니다. 그리고 두려운 여름이 오고 있어요. 의지가 꺾이지 않고 어머니 소망을 이루어 드릴 수 있도록 살펴 주세요. 저도 그사이 흰머리가 많이 늘었습니다. 어머니는 흰머리도 많지 않으셨는데, 제가 벌써 따라가면 안 되겠지요? 어머니가 못 알아보실까 걱정이군요.

저는 어머니 곁에 있어야 됩니다. 제가 어디로 가겠어요. 어머니는 저 없이 되시나요? 늘 천이 없이는 안 된다고 하셨는데, 저세상이라고 다르겠어요? 비록 불효자이긴 하나, 그래도 제 곁에 계셔야 하지 않아요?

어머니, 제가 어머니에게 가는 건 정해진 이치입니다. 그런데 제가 해야 할 일이 두 가지였군요. 그중 하나가 아직 남아 있네요. 바로 어머니일지 동생 모진강을 내는 일입니다. 그러면 아빠가 떠나도 외롭지 않고 형제가 사이좋게 지내겠죠.

지난밤에도 꿈이 몹시 산란했어요. 좋지 않은 꿈도 있었어요. 하지만 이제 꿈 따위에 상관 안 합니다. 어머니가 오시는 꿈 말고는 모두 무의미하죠. 조금 힘겹기는 하나, 흔들리지 않을 겁니다. 사랑해요, 어머니.

2014년 6월 28일 (오전 10시 02분)

불효 천 올림

유유자적

오늘도
세월에 몸을 실어 보낸다

운명을 미리 알게 해 주어
고맙다

단 한 번의 유유자적이
말미에 와 주었구나

누군가 범인으로 보이지 않는다
편안하기만 하다면

어머니 곁에 있고 싶어. 어머니와 더 힘든 세상을 다시 산다 해도, 나는 여전히 어머니 아들이고 싶어. 다른 모든 인연을 거부하고 싶어. 인간이든 미물이든, 동물이든 식물이든, 이 세상이든 저세상이든, 어머니와의 인연만 갖고 싶어. 어머니는 아실 거야. 삼라만상은 몰라도 어머니는 내 마음을 아실 거야.